STONE

SENTINEL SECURITY
BUCH 7

ANNA HACKETT

Stone

Copyright 2025 by Anna Hackett

Aus dem Englischen übersetzt von Nathalie Hopper Translation

Umschlaggestaltung: Mayhem Cover Creations

Bildquelle: J. Ashley Converse

ISBN (ebook): 978-1-923134-55-3

ISBN (Printversion): 978-1-923134-56-0

Originaltitel: Stone

KAPITEL EINS

Das On the Rocks war voll. Nola Newhouse bahnte sich ihren Weg durch die Tür in den angesagtesten Irish Pub in Chelsea. Mit ihrer Handtasche unter den Arm geklemmt, machte sie sich auf den Weg zur Bar. Nach einer anstrengenden Arbeitswoche brauchte sie einen Cocktail. *Sofort.*

Ihre Füße pochten, denn ihre neuen High Heels von Dolce & Gabbana sahen zwar göttlich aus, taten aber auch höllisch weh. Sie unterdrückte ein schmerzhaftes Keuchen. Die Anschaffung hatte sich gelohnt, aber sie konnte es kaum erwarten, sie auszuziehen, wenn sie endlich in ihrer Wohnung war.

Sie quetschte sich auf einen Platz an der polierten Holztheke und gab dem Barkeeper ein Zeichen. Da sie oft hierherkam, hatte sie die Cocktailkarte bereits auswendig gelernt. „Einen Celtic Martini, bitte."

Der junge Mann, der ein schwarzes Hemd mit einer grünen Schürze trug, lächelte sie an.

„Kommt sofort."

Nola drehte sich um und sah sich in der Bar um. Überall glänzendes Holz, und die Wände waren mit gerahmten Fotos von der grünen irischen Landschaft oder dem Prozess der Whiskyherstellung bedeckt. Das On the Rocks war stolz auf seine umfangreiche Sammlung irischer Whiskys, welche ihr Bruder und seine Arbeitskollegen sehr zu schätzen wussten.

Genau wie sie waren viele Männer und Frauen in Anzügen da, die das Ende der Arbeitswoche feierten. Nola traf sich mit ihrem Bruder und seiner Frau sowie seinen Arbeitskollegen auf ein paar Drinks.

Ihr Blick fiel auf ihre silberne Longines-Uhr, die sie kürzlich von ihrem Vater geschenkt bekommen hatte. Es war noch früh. Nick und die anderen würden erst später eintreffen.

Die Uhr ließ sie an ihren Vater denken, und sie rollte mit den Augen. Charles Newhouse war reich und versnobt. Er redete immer schlecht über Nick, der eigentlich nur Nolas Halbbruder war.

Nick war ein ehemaliger Navy SEAL und jetzt ein fester Bestandteil der besten Sicherheitsfirma in New York City – Sentinel Security –, die von dem legendären Draufgänger Killian Hawke geleitet wurde.

Aber wenn man nicht gerade einen Anzug trug, ein schickes Chefbüro sein Eigen nannte und viel Geld verdiente, war ihr Vater nicht beeindruckt. Geld und Prestige waren die einzigen Zeichen von Erfolg, die er anerkannte.

„Hier, bitte."

Der Barkeeper ließ ihr Glas über die glänzende Oberfläche der Theke gleiten. Nola bezahlte und lächelte dankbar. Sie hob es an und gönnte sich einen großen Schluck der zitronigen Köstlichkeit.

Ihr Vater hatte ihr diese Woche jeden Tag eine Sprachnachricht hinterlassen. Er wollte sie mit einem hochkarätigen Börsenmakler verkuppeln, den er kannte.

Nein, danke. Sie hatte sich schon einmal auf ein von ihrem Vater arrangiertes Blind Date eingelassen. Einmal hatte gereicht. Nicht, dass Dating-Apps sich als viel besser erwiesen hätten.

Sie hatte die Nase gestrichen voll von New Yorker Anzugträgern. Ihre letzten Dates hätten kaum enttäuschender sein können.

Ihr Handy vibrierte. Als sie es aus ihrer Handtasche zog, sah sie eine Nachricht von ihrer Assistentin Grace.

Du hast das Objekt bekommen, Nola! Das Penthouse im High Line Tower.

Ja! Nola grinste. Das fantastische Penthouse stand zum Verkauf, und sie hatte hart dafür gekämpft, dass sie als Maklerin ausgewählt wurde.

„Du, Magnolia Newhouse, wirst dieses wundervolle Penthouse verkaufen." Sie nahm einen weiteren Schluck von ihrem Martini und tippte dann eine Nachricht ein. Sie begann mit einem Emoji, das ein Champagnerglas zeigte.

Ich wusste, dass wir es schaffen würden.

Ich habe Joanne bereits deinen Plan für die Gestaltung des Hauses geschickt. Sie wird ihr Team dazu bringen, alles heute Abend zu inszenieren.

Es gab einen guten Grund, warum ich dich eingestellt habe. Du bekommst einen großen Bonus, wenn ich das Baby verkaufe.

Daran werde ich dich erinnern. Wenn du irgendwelche Änderungen an den Möbeln vornehmen willst, lass es mich wissen.

Ich werde es mir morgen ansehen.

Nola überprüfte im Geiste ihren Terminkalender. Sie arbeitete immer samstags, und sie konnte einige Termine verschieben, um das Penthouse zu besichtigen. Sie hatte bereits eine Reihe von Ideen, wie sie es vermarkten wollte, und ein paar Kunden, die Interesse daran haben könnten.

Ihre Provision würde sehr hoch ausfallen, was natürlich ziemlich verlockend war. In ihrer Zukunft lagen definitiv mehr Designerschuhe. Außerdem konnte sie sich mit den Babygeschenken für ihre Nichte austoben.

Nick und seine Frau Lainie bekamen ein Kind. Lainie war Nolas beste Freundin. Sie konnte kaum glauben, dass ihre beiden Lieblingsmenschen ein Baby bekommen würden. Nola hatte vor, die coole Tante zu sein, und obendrein hatten die beiden sie auch noch gebeten, ganz offiziell Patentante zu werden.

Ein Baby. Ihr Bruder und ihre beste Freundin erwarteten ein Baby.

Nola lächelte, aber all die Freude, die sie für die beiden empfand, überdeckte nicht ganz das hohle Gefühl, das sie mit aller Kraft zu ignorieren versuchte.

Sie wusste, was es war. Neid. Sie nahm einen größeren Schluck von ihrem Getränk.

Sie seufzte. Auch sie wollte ein Baby. Ihr zweiunddreißigster Geburtstag stand bevor, und sie hatte begonnen, das Ticken ihrer biologischen Uhr zu hören. Natürlich war sie sich bewusst, dass die Fruchtbarkeit einer Frau nach fünfunddreißig Jahren nachließ.

Doch zuerst wollte sie einen Mann. Einen guten. Wenn er außerdem noch attraktiv und gut im Bett wäre, wäre das ein zusätzlicher Bonus.

Aber den richtigen Mann zu finden, war anscheinend nicht so einfach.

Sie nahm wieder einen Schluck und genoss das Gefühl, einen Teil ihres Stresses loszuwerden.

Ihr Blick fiel auf einen Mann, der durch die Menge schritt.

Nola erstarrte mit ihrem Glas vor dem Mund. *Heilige Scheiße.*

Ihr Herz raste. *Silberfuchs-Alarm.*

Der Mann war groß und hatte sehr breite Schultern. Er trug dunkle Jeans, ein graues Hemd und darüber einen Blazer. Legerer gekleidet als die meisten Männer um ihn herum, aber es stand ihm ausgezeichnet. Sein Jackett verbarg kaum seine muskulösen Schultern.

Er hatte dunkles Haar, das an den Schläfen bereits grau war. Sein Gesicht war schroff und braun gebrannt, und sein Kiefer sah aus, als wäre er aus Stein gemeißelt worden. Er war von einem kurzen Bart bedeckt, der ebenfalls schon silberne Stellen hatte.

Sie wusste sofort, dass er ein Mann war, der sich am liebsten draußen aufhielt. Wahrscheinlich arbeitete er mit seinen Händen. Ihr Blick senkte sich. Er hatte große Hände. Fähig aussehende Hände.

Sie hob den Blick, und ihre Augen trafen sich.

Sofort spürte Nola ein warmes Gefühl in ihrem Bauch.

Dann bewegte sich die Menge, und sie verlor ihn aus den Augen.

Wow. Sie widerstand dem Drang, sich Luft zuzufächeln, wandte sich wieder der Theke zu und bestellte einen zweiten Drink.

„Hey Süße. Suchst du Gesellschaft?"

Nola sah zur Seite und bemerkte einen Mann, der sich an sie angeschlichen hatte. Sie schätzte, dass er in seinen Vierzigern war. Sein Anzug war zerknittert und er roch, als hätte er in seinem Rasierwasser gebadet. Außerdem duzte er sie einfach. Verdammt unhöflich.

„Nein, danke." Schnell setzte sie ein höfliches Lächeln auf. „Ich bin mit Freunden verabredet."

„Warum siehst du dann so einsam aus?"

Ihre Lippen wurden schmal. „Bin ich nicht."

„Ich muss dir einfach sagen, dass dieser Rock –", sein Blick glitt über ihren Körper, über ihren knielangen, figurbetonten, marineblauen Rock, „– ziemlich heiß ist."

Pfui. „Hör mal, keiner deiner Sprüche wird dafür sorgen, dass du die Aufmerksamkeit einer Frau gewinnst."

„Ernsthaft?"

„Ernsthaft. Zeig doch mal ein wenig Respekt und benimm dich wie ein Mensch."

Der Schock auf seinem Gesicht wurde von Wut ersetzt. „Schlampe."

Sie rollte die Augen. „Und das funktioniert *auf gar keinen Fall.*" Schnell nahm sie ihr Glas, drehte sich um und verschwand in der Menge.

Und stieß fast mit einer harten Brust zusammen.

„Oje, tut mir leid." Mit einer Mischung aus Glück und Reflexen hob sie ihr Glas an, ohne einen Tropfen zu verschütten. „Fast hätte ich mein Getränk über Sie verschüttet." Sie sah auf.

Direkt in die grauen Augen des Silberfuchses.

Eine große Hand hielt ihren Ellbogen und half ihr, ihr Gleichgewicht zu halten. Nolas Puls hämmerte wie verrückt. Seine Brust war aus der Nähe betrachtet noch viel breiter, und sie konnte sein verführerisches, frisches Rasierwasser riechen – ein einfacher Duft mit einem Hauch von Limetten und Holz.

„Geht es Ihnen gut?" Seine Stimme war ein tiefes Grollen.

„Ja." Gott, warum klang sie so atemlos?

Der Silberfuchs sah über sie hinweg und hob die Brauen. „Belästigt der Kerl Sie?"

Nola sah zurück und bemerkte, dass der Idiot von der Theke versuchte, ihr zu folgen. Als er jedoch einen Blick auf den heißen Silberfuchs warf, eilte er sofort von dannen.

Sie lächelte. „Jetzt nicht mehr."

KNOX HOLMAN HATTE NICHT DAMIT GERECHNET, in die Bar zu kommen und von einer winzigen, quirligen Elfe mit kurzem, schwarzem Haar und großen, blauen Augen von den Socken gehauen zu werden.

Ganz zu schweigen von dem kleinen, kurvigen Körper und dem engen Rock.

Er hatte vorgehabt, mit seinen neuen Arbeitskollegen ein paar Bierchen zu trinken und dann in seine neue Wohnung zurückzukehren. Die, um ehrlich zu sein, hauptsächlich aus Kartons bestand, aber er würde sie irgendwann wohl auspacken.

Natürlich wusste er, dass es einige Zeit dauern würde, sich an das Leben in New York City zu gewöhnen. Es war ganz anders als Camp Pendleton und Kalifornien.

Aber er hatte auch gewusst, dass es Zeit für eine Veränderung war.

„Danke für die Beinahe-Rettung." Die sexy Elfe lächelte ihn an.

Verdammt, sie war umwerfend. Und sie roch gut. Ihre weiße Bluse war weit genug aufgeknöpft, um einen Hauch von Dekolleté zu sehen.

„Sieht so aus, als wären Sie auch allein klargekommen." Er warf einen Blick auf den Rücken des Trottels, der sie genervt hatte.

„Ich bin eine Single-Frau in New York City. Das bedeutet, ich habe einige Erfahrung." Sie nahm einen Schluck von ihrem Drink.

Single. Das Wort hallte in seinem Kopf wider, während er ihre Lippen betrachtete. Sie schlossen sich über den zarten Rand ihres Glases und brachten ihn auf Ideen. Ideen, was er sonst noch gern von diesen hübschen Lippen umschlungen sehen würde.

Verdammt! Knox hob seine Bierflasche und nahm einen Schluck. Er war siebenundvierzig. Viel zu alt, um von der Lust umgehauen zu werden.

„Ich heiße Nola. Wir können uns duzen, oder?“, fragte sie.

„Gern. Ich bin Knox.“

„Es ist schön, dich kennenzulernen, Knox.“ Sie legte den Kopf schief. „Militär?“

„Früher mal. Woher weißt du das?“

„Mein Bruder war bei der Navy.“

„Da habe ich die bessere Wahl getroffen. Marines.“

Jemand stieß gegen sie, und Knox stellte sich schützend vor Nola. Er nahm ihren Arm und führte sie in den hinteren Bereich der überfüllten Bar. Schließlich fand er ein ruhiges, sicheres Plätzchen an der Wand.

„Was bringt dich nach New York, Knox?“

„Woher weißt du, dass ich nicht von hier komme?“

Sie lachte. „Der Akzent und das Fehlen der Wichtigtuerei.“

Er hob sein Kinn an. Ihr Lachen gefiel ihm. „Ein neuer Job. Habe heute erst angefangen.“

„Glückwunsch.“ Sie stieß ihr Glas an seine Flasche. „Hast du schon eine Wohnung gefunden? Ich bin Maklerin.“

„Ja. Mein neuer Arbeitgeber hat mir geholfen.“ Es war ein zusätzlicher Bonus, dass sein neuer Job auch eine Unterkunft stellte.

„Wie praktisch“, erwiderte Nola. „Gefällt dir der Big Apple bisher?“

„Nicht wirklich.“ Er lehnte sich näher zu ihr und

atmete ihren Duft ein. Irgendetwas Würziges. Ziemlich sexy. „Aber so langsam wird es."

Sie lächelte. „Ich habe dich vorhin schon gesehen." Ihre Augen wurden wärmer.

Verdammt, es gefiel ihm zu wissen, dass sie sich zu ihm hingezogen fühlte. Sein Ego konnte damit ziemlich gut leben. Er wollte unbedingt herausfinden, wie sie sich an ihn gepresst anfühlte. Es war wirklich lange her, seit ihn eine Frau so umgehauen hatte.

„Ich habe dich auch gesehen. Ich dachte, du siehst aus wie eine sexy Elfe."

Verdammt, klang das etwa peinlich?

Ein zartes Rot zierte Nolas Wangen. Sie sah erfreut aus. Er hatte noch nie jemanden kennengelernt, der genau das, was er fühlte, auf seinem Gesicht zeigte.

Er war es gewohnt, vorsichtig zu sein. Er war jahrelang ein Marine Raider gewesen – die Spezialeinheit der Marines – und hatte dann die letzten fünf Jahre geholfen, neue Rekruten auszubilden.

„Ich fand, dass du ein ziemlich heißer Silberfuchs bist", murmelte sie.

Knox widerstand dem Drang, an seinem Kragen zu zerren. „Magst du die Arbeit in der Immobilienbranche?"

„Ja, sehr. Es ist eine Herausforderung, die besten Eigenschaften einer Immobilie zu präsentieren und sie richtig zu vermarkten. Und dann auch noch den richtigen Käufer zu finden. Ich habe gerade ein großes Objekt bekommen."

„Glückwunsch."

Ihr Blick fiel auf seinen Hals. „Du hast ein Tattoo."

Er wusste, dass sie wohl nur einen kleinen Blick auf

die Tinte erhaschen konnte, die sich über seine Schulter zog. „Ein paar."

Bei dem Ausdruck in ihren Augen zuckte sein Schwanz. Er wusste, dass sie sich fragte, wie die Motive wohl aussahen, die er trug.

„Ich habe auch eins", gestand sie. „Aber nur ein kleines."

Er musterte sie. „Wo?"

Sie lächelte. „Das ist ein Geheimnis."

Und schon war er durch ihr kokettes Lächeln hart wie ein Stein.

Knox wollte genau wissen, wo sich die Tinte auf ihrem kurvigen Körper befand. Verdammt, er war viel zu alt zum Flirten, aber es fühlte sich gut an. Aber ihm war auch klar, dass sie ziemlich jung war.

„Wie alt bist du eigentlich?", fragte er.

Sie hob ihr Glas. „Alt genug, um zu trinken."

Er spannte sich an.

„Mach dich locker, Knox. Ich bin einunddreißig, aber die große Zwei kommt mit großen Schritten näher."

Bei ihren Worten lehnte er sich mit der Schulter an die Wand. „Du klingst nicht froh darüber. Vertrau mir, zweiunddreißig ist bei mir ziemlich lange her."

Sie sah ihn an und rieb nachdenklich ihr Kinn. „Fünfundvierzig?"

„Fast. Siebenundvierzig."

Sie rollte die Augen. „Also uralt."

Er streckte seine Hand aus, packte ihre Hüfte und drückte zu. „Vorsicht, Elfe."

Flink trat sie einen Schritt näher. „Du siehst wirklich gut aus für jemanden, der so alt ist."

„Ich glaube, dir sollte man mal den Hintern versohlen."

Ihre Augen wurden groß, und ihre Lippen öffneten sich leicht.

Knox unterdrückte ein Stöhnen. „Gefällt dir die Idee, Nola?"

„Ich glaube schon. Aber man hat mir noch nie den Hintern versohlt, daher kann ich es nicht sicher sagen."

Knox streckte die Hand aus und spielte mit ihrem Haar. Es war tintenschwarz und seidig. Er mochte es, wie es sich in ihrem Nacken kräuselte. Plötzlich wollte er derjenige sein, der ihr die Freuden des Spankings zeigte. Er würde sie dazu bringen, das Klatschen seiner Handfläche auf ihrer weichen Haut zu lieben.

Seine Finger wanderten nach unten und berührten ihren Hals. „Dein Puls rast."

„Das weiß ich", meinte sie atemlos.

„Es ist lange her, seit eine Frau mich dazu gebracht hat, sie mitten in einer überfüllten Bar küssen zu wollen."

„Knox –", sie leckte sich die Lippen, „– ich würde nicht Nein sagen, wenn du es tust. Und das habe ich noch nie zu jemandem gesagt."

Er streckte die Hand aus und griff nach ihrem Glas. Dann stellte er es zusammen mit seinem Bier auf einem Tisch in der Nähe ab. Anschließend streichelte er ihre Wangen. Verdammt, ihre Haut war so weich.

Er senkte seinen Kopf und küsste sie.

Knox wollte es langsam angehen, daher ließ er seinen Mund zunächst sanft über ihren gleiten. Ihre Lippen waren prall und weich. Als sie sie öffnete, streckte sie ihm ihre Zunge entgegen.

Scheiße. Knox hatte das Gefühl, die Welt würde in Flammen aufgehen. Sie gab ein hungriges Geräusch von sich, und er bewegte sich und drückte sie mit dem Rücken gegen die Wand. Ihre Arme legten sich um ihn und zogen ihn näher zu sich. Er legte den Kopf schief und vertiefte den Kuss, hungrig nach ihrem Geschmack.

Seine Elfe erwiderte den Kuss begierig, und ihre Zunge tanzte mit seiner. Dabei gab sie kleine Laute von sich, die ihn in den Wahnsinn trieben.

Jemand ging vorbei und stieß gegen seinen Rücken. Als er den Kopf hob, wurde ihm ein wenig schwindelig.

Nola keuchte. *„Wow."*

Wow war nicht ansatzweise gut genug.

Er ließ seine Hand in ihr Haar gleiten. „Nola –"

Dann blickte sie über seine Schulter, und ihr Gesichtsausdruck veränderte sich. Ein riesiges Lächeln breitete sich auf den Lippen aus, die er gerade geküsst hatte. Sie zappelte ein wenig, und er wich zurück.

„Mein Bruder und seine Freunde sind gerade gekommen", erklärte sie. „Komm, ich stelle sie dir vor. Du wirst sie mögen."

Knox drehte den Kopf und schaute in die Richtung, in die sie blickte.

Sein Körper erstarrte. *Verdammt!* Sie sah seine Kollegen an.

KAPITEL ZWEI

„Nick." Nola warf ihre Arme um ihren Bruder. Er war groß, stark und unbezwingbar.

Er war immer für sie da, obwohl ihr Vater es ihm schwermachte. Sie konnte sich immer auf Nicks mürrische Art der Überfürsorglichkeit verlassen.

„Nola, du siehst großartig aus." Er lächelte sie an. Sein braunes Haar war ein wenig zerzaust, und ein dunkler Bart bedeckte sein Gesicht. Die blauen Augen hatten den gleichen Farbton wie ihre.

„Wo ist meine beste Freundin?" Als Nick sich Hals über Kopf in Lainie verliebt hatte, war Nola super aufgeregt gewesen. Die beiden hatten sich Sorgen gemacht, sie würde wütend reagieren, aber sie hatte sich nur gewünscht, sie hätten sich ihre Gefühle früher gestanden.

„Hier bin ich." Lainie erschien und öffnete weit ihre Arme. Die Schwangerschaft stand ihrer besten Freundin und Schwägerin wirklich gut. Lainies hübsches Gesicht leuchtete, ihr braunes Haar war dicht und lang, und ihr Körper kurviger denn je.

„Hey, meine strahlende Bald-Mama." Nola umarmte ihre Freundin und legte dann eine Hand auf Lainies gewölbten Babybauch. Er war sogar noch größer als beim letzten Mal, als sie sie gesehen hatte. „Du überarbeitest dich doch nicht, oder?"

Lainie war die Geschäftsführerin von Pintura, einem überaus erfolgreichen, milliardenschweren Grafikdesign-Unternehmen. Nola hatte immer gewusst, dass ihre kluge, hart arbeitende beste Freundin erfolgreich werden würde.

„Ich delegiere jetzt mehr." Lainie winkte mit der Hand ab. „Hör auf. Dein Bruder beobachtet mich mit Adleraugen."

Nick verschränkte die Arme. „Das ist mein Job. Und das ist unser kleines Mädchen, das in dir heranwächst."

Lainies Gesicht strahlte, und sie lehnte sich an ihren Ehemann. Schon allein bei dem Anblick der beiden wollte Nola lächeln.

„Hey, Nola." Eine große, durchtrainierte Rothaarige winkte ihr zu.

„Hi Devyn."

„Die Schuhe sind klasse", meinte Devyn mit einem Lächeln.

„Danke, aber sie schmerzen wie die Hölle."

Der Rest von Nicks Freunden erschien. Sie arbeiteten alle bei Sentinel Security.

Sein stets gut aussehender Chef Killian *Steel* Hawke trat ins Bild. Er legte einen Arm um Devyn *Hellfire*

Hawke. Die beiden passten gut zusammen – beide waren sowohl umwerfend als auch tödlich.

Der Rest der Truppe war auch dabei. Der italienische Frauenschwarm Matteo *Hades* Mancini und seine kluge Frau Gabbi. Die elegante Hadley *Striker* Knightley und ihr Mann Bennett. Der große Ire Bram *Excalibur* O'Donovan war ebenfalls anwesend, aber seine Frau Addie war nicht bei ihm.

„Hallo zusammen", sagte Nola.

Bram hob sein Kinn. „Ich kann nicht lange bleiben. Ein Drink, dann muss ich nach Hause zu Addie und den Zwillingen." Er schüttelte den Kopf. „Sie sind winzige Energiebündel, und um diese Zeit ist Addie immer echt erschöpft."

„Das glaube ich nicht", erklärte eine scharfe, weibliche Stimme.

Nola drehte sich um und sah das letzte Paar des Sentinel-Security-Teams. Der sexy Cain *Shade* Cavanaugh und die Tech-Göttin von Sentinel, Jet – besser bekannt unter ihrem Codenamen *Hex*. Hex, die ihre Haarspitzen pink gefärbt hatte, starrte ihren Mann an. Cain – dessen hellbraunes Haar zu einem Man Bun hochgesteckt war, der geradezu darum bettelte, dass eine Frau ihre Hände hineinsteckte und die Strähnen durcheinanderbrachte – lächelte charmant und murmelte leise etwas. Hex kniff die Augen zusammen und schüttelte den Kopf, doch dann zog Cain seine Frau zu sich und küsste sie. Heftig.

Hex schmolz in etwa einer halben Sekunde dahin.

Nolas Herz klopfte wie wild. Zwischen den beiden stimmte einfach alles.

Das erinnerte sie an den Mann, der gerade ihre Welt mit einem Kuss erschüttert hatte.

„Hey Leute, ich wollte, dass ihr jemanden kennenlernt –"

„Hallo Stone." Nick streckte seine Hand an Nola vorbei aus. „Hast du gut hergefunden?"

Nola blinzelte und sah, wie Nick Knox anlächelte.

„Ja, Wolf. Danke."

„Der Whisky hier ist super", fuhr ihr Bruder fort. „Den musst du probieren."

Nola wirbelte herum und starrte in Knox' neutrales Gesicht. *Stone?* Sein Lächeln war verschwunden. Und er kannte den Codenamen ihres Bruders.

„Nola –", Nick legte einen Arm um ihre Schultern, „— das ist Knox *Stone* Holman. Er ist das neueste Mitglied des Sentinel-Security-Teams. Früher war er ein Marine, aber das nehme ich ihm nicht übel. Stone, meine kleine Schwester, Magnolia."

Knox nickte ihr zu, als wäre sie eine Fremde, und nicht die Frau, mit der er gerade geflirtet und die er geküsst hatte. Sie konnte praktisch die eisigen Schwingungen spüren, die von ihm ausgingen.

Er war kalt geworden.

„Holen wir uns ein paar Drinks", schlug Killian vor. „Um Knox im Team willkommen zu heißen."

„Komm schon, Bestie." Lainie hakte sich bei Nola ein und drängte sie vorwärts.

Sie fanden einen großen Tisch, aber Nola hatte keine Gelegenheit, mit Knox zu sprechen. Er saß am anderen Ende bei Nick und Bram und schaute nicht in ihre Richtung.

Nola nippte an ihrem Getränk und versuchte, das unangenehme Gefühl in ihrem Bauch zu ignorieren. Es gefiel ihr nicht.

Auf keinen Fall würde sie zulassen, dass der Mann sie weiter ignorierte.

Oder diesen Kuss.

Ein Kuss wie dieser kam nicht jeden Tag vor.

„Erde an Nola."

Sie zuckte zusammen und sah Lainie an. „Tut mir leid, langer Tag." Schnell lächelte sie ihre Freundin an. „Ich habe ein neues Objekt bekommen. Ein großes Penthouse im High Line Tower."

Hadley lehnte sich vor. „Heiß."

„Bist du auf der Suche?", fragte Nola.

Die Brünette lächelte. „Wir haben schon ein hübsches Zuhause."

Nola wusste, dass Killian in dem riesigen Lagerhaus, das er zu den Büros von Sentinel Security umgebaut hatte, in den oberen Stockwerken auch prächtige Wohnungen integriert hatte. Er bot seinen Angestellten günstige Mieten und einen kurzen Arbeitsweg. Sie vermutete, dass Knox deshalb so leicht eine Wohnung gefunden hatte.

„Dein Ehemann ist Milliardär", meinte Nola zu Hadley. Bennett war Eigentümer von Secura, einem Unternehmen, das sich auf die Lieferung von hochwertigen Gütern wie Schutzwesten, Uniformen und Mahlzeiten an das Militär spezialisiert hatte. „Und ihr bekommt bald ein Baby."

Nola nickte in Richtung von Hadleys kleinem Babybauch.

Hadley lachte. „Ich glaube nicht, dass unser Baby ein neues, Multi-Millionen-Penthouse braucht, aber wenn doch, lasse ich es dich sofort wissen."

Während Nola dem Gespräch von Gabbi und Lainie mit halbem Ohr zuhörte, schwenkte sie den Rest ihres Drinks in ihrem Glas umher. In dem Moment sah sie Knox auf die Bar zugehen. Sie kippte den letzten Schluck ihres Drinks runter. „Ich brauche noch einen Cocktail. Will sonst noch jemand was?"

„Danke, ich habe genug prickelnden Saft vor mir." Lainie zog eine Grimasse und streichelte ihren Bauch. „Ich kann es kaum erwarten, endlich wieder ein Glas Wein trinken zu dürfen."

„Bin gleich wieder da", erwiderte Nola.

Sie schritt durch die belebte Bar, ihren Blick auf Knox gerichtet. Er hatte sein Jackett ausgezogen, und das graue Hemd – dieselbe Farbe wie seine Augen – stand ihm ausgezeichnet. Als er sich an die Theke lehnte, bewunderte sie die Art und Weise, wie seine dunkle Jeans seinen Hintern umspielte.

„Also." Sie lehnte sich neben ihn.

Sofort spannte er sich an.

Das war echt hart für das Selbstbewusstsein einer Frau. „Du wirst mich also einfach ignorieren. Erst küsst du mich schwindelig, dann tust du so, als wäre ich giftig, hm?"

„Nola", seufzte er. „Hör mal, ich bin ein Marine, und wir folgen einem Ehrenkodex. Immer treu bleiben, vor allem unseren Brüdern gegenüber. Dieser Kodex beinhaltet, dass man nicht mit der Frau oder Verlobten eines anderen herumvögelt. Er umfasst auch die kleinen Schwestern von Kollegen."

„Du bist nicht mehr beim Militär. Und ich bin tatsächlich schon erwachsen."

Sein Kiefer spannte sich an. „Du bist ohnehin zu jung für mich."

Nola lachte. „Ich werde bald zweiunddreißig. Meine Freundinnen beschweren sich alle darüber, dass wir *nicht* mehr jung sind."

„Du hast noch viel Zeit." Er nahm seinen Drink – offenbar war er auf Whisky umgestiegen. Seine Ärmel hatte er hochgerollt. Sie konnte das Tattoo auf seinem Unterarm sehen – eine Mischung aus der amerikanischen Flagge und dem Emblem der Marines –, den Adler, die Weltkugel und den Anker.

Sie zügelte ihre Hormone. „Ich mag dich, Knox. Es ist lange her, seit ich das letzte Mal so für jemanden empfunden habe." Vor allem für einen Kerl, den sie gerade erst kennengelernt hatte. Gott, sie machte sich gerade wirklich verletzlich, und das war ein wenig beängstigend. Aber sie war die Spielchen, Dating-Apps und schlechten Dates einfach leid. „Ich mag dich sehr." Sie lehnte sich zu ihm. „Und der Kuss hat mir wirklich *sehr* gefallen."

Sie konnte sehen, wie seine grauen Augen aufleuchteten, und seine Finger umklammerten das Glas. „Nola, du bist sehr attraktiv ..."

Sie spannte sich an. Er sagte das nicht gerade in einem frohen Tonfall.

„Sag mir die Wahrheit", forderte er. „Willst du irgendwann heiraten?"

„Wenn ich den richtigen Mann finde? Klar."

„Kinder?"

Sie schluckte. „Möglicherweise."

„Genau, und da bin ich raus. Ich habe es schon mal mit der Ehe versucht, aber das war nichts für mich."

Er war schon mal verheiratet gewesen? „Wann?" Die Vorstellung von ihm mit einer anderen Frau gefiel ihr nicht.

„Als ich in meinen Zwanzigern und bei den Marines war."

Nola hob eine Augenbraue. „Also vor sehr langer Zeit."

„Ja."

„Hast du Kinder?"

„Nein, zum Glück nicht."

Sie legte den Kopf schief. „Du hast also einmal versagt, und deswegen können wir uns nicht kennenlernen? Freude miteinander finden?"

Er seufzte. „Nola ..."

„Klingt für mich wie eine Ausrede."

Er drehte sich um, um sie anzusehen, und seine rauen Gesichtszüge wirkten, als wären sie aus Stein, wie sein Spitzname es andeutete.

„Es war schön, dich kennenzulernen, Nola, aber ich habe kein Interesse." Mit diesen Worten nickte er und zog los, um sich den anderen wieder anzuschließen.

Okay. Nola starrte blind auf die Whiskyflaschen, die hinter der Theke aufgereiht waren. Ein Gefühl der Leere erfüllte sie, und tief in ihrem Inneren war sie sehr verletzt.

Knox hatte sie ziemlich eindeutig abgewiesen.

Sie atmete tief ein. *Du kennst den Kerl doch kaum, Magnolia.*

Was bedeutete, dass es nicht so wehtun sollte, wie es der Fall war.

AM NÄCHSTEN MORGEN stand Knox so versteinert wie sein Spitzname im Aufzug, als dieser nach unten fuhr.

Das große, gemauerte Lagerhaus von Sentinel Security war komplett umgestaltet worden. Killian hatte ihm erzählt, dass es im 19. Jahrhundert ein Frachtlager gewesen war. Die Backsteinmauern und die gewölbten Türöffnungen standen im Kontrast zu den eleganten, modernen Möbeln und Einrichtungsgegenständen. Außerdem gab es viele grüne Wände, die mit üppigen Pflanzen bestückt waren.

Im Erdgeschoss befanden sich die Hauptbüros, in denen sich die Abteilungen für Unternehmensführung und Cybersicherheit von Sentinel Security befanden. Der modernere Anbau aus Stahl und Glas oben auf dem Gebäude beherbergte ausschließlich hochwertige Wohnungen.

Der Aufzug wurde langsamer und hielt an. Er stieg in der unteren Etage aus, die mehr Sicherheitsvorkehrungen aufwies. Hier arbeitete Killians Alpha-Team. Der Ort war wirklich etwas Besonderes, voller erstklassiger Computer und Geräte. Er war dankbar für den kurzen Arbeitsweg. Das Letzte, was er wollte, war, sich morgens durch die U-Bahn oder den Verkehr zu kämpfen.

Er schritt durch einen Torbogen in sein neues Büro. Mit einem Schulterzucken zog er sein Jackett aus und warf es über die Stuhllehne. Anzüge und Krawatten waren nicht sein Ding. Jeans und ein Sportsakko schon eher.

Er setzte sich an seinen Schreibtisch und blickte auf den neuen Computer. Es würde sicherlich eine Weile dauern, bis er sich daran gewöhnte, im Sitzen zu arbeiten. Grundsätzlich war er viel lieber draußen.

„Morgen." Devyn erschien im Torbogen, bekleidet mit einer schwarzen Hose und einem schwarzen Hemd. Ihr rotes Haar schwang in einem Pferdeschwanz hinter ihr. „Falls du Koffein brauchst, wir haben eine voll ausgestattete Küche und eine tolle Kaffeemaschine."

„Die Maschine habe ich schon gesehen und entschieden, dass man wohl Ingenieur sein muss, um sie bedienen zu können."

Sie lachte. Die Frau war umwerfend, und er konnte verstehen, warum ein Mann wie Steel ein Auge auf sie geworfen hatte.

Aber Knox wusste auch, dass sie früher bei der CIA gewesen war. Es würde sich auszahlen, sie nicht zu unterschätzen.

„Ich mache dir einen Kaffee", erwiderte Devyn. „Da heute erst dein zweiter Tag ist."

„Danke. Schwarz, bitte."

Als Devyn hinausging, sah Knox Nick in seinem Büro auf der anderen Seite des Flurs telefonieren.

Das ließ ihn sofort an Nola denken.

Wem wollte er etwas vormachen? Er hatte jede Minute an sie gedacht, seit er sie gestern Abend gesehen hatte. Er hatte diesen verdammten Kuss hundertmal durchlebt. Sein Körper spannte sich an, und er knurrte leise vor sich hin.

Sie war tabu. Schließlich war sie Nicks Schwester, und er wollte nicht alles riskieren. Die Konstellation war einfach zu chaotisch und kompliziert. Außerdem war sie zu jung.

Knox schüttelte den Kopf. Er hatte einen neuen Job, auf den er sich konzentrieren musste.

Deswegen musste er aufhören, an seine sexy, dunkelhaarige Elfe zu denken.

„Stone." Killian blieb vor seinem Schreibtisch stehen. Der Chef trug einen sauberen und wahrscheinlich maßgeschneiderten schwarzen Anzug. Er reichte ihm eine Tasse Kaffee.

„Hier, hat meine Frau für dich gemacht."

„Der Job hat viele Vorteile." Knox nahm die Tasse an und trank einen Schluck. Der Kaffee war stark und schwarz.

Killian hob eine Braue. „Gewöhn dich lieber nicht daran, dass ich dir Kaffee bringe. Wie gefällt dir die Wohnung?"

„Super, aber ich muss noch Möbel kaufen."

„Rede mit Hex. Ich bin mir sicher, sie kann dir dabei helfen."

„Warum, weil ich eine Frau bin?" Hex erschien. Ihre pinken Haarspitzen berührten knapp ihr Kinn. Sie stemmte die Hände in die Hüften.

Killian warf ihr einen kühlen Blick zu. „Weil du alles weißt, und wenn nicht, findest du es heraus."

Hex schnaubte. „Gutes Argument, aber Striker ist

diejenige, mit der du über die Deko deiner Wohnung reden solltest, Knox. Hadley hat einen guten Geschmack und liebt es, zu shoppen."

„Das ist wahr", stimmte Killian zu.

Nick erschien mit einem ernsten Gesichtsausdruck. „Ich habe gerade mit Richard von HT Industries gesprochen." Er warf Knox einen Blick zu. „Das ist einer unserer größten Kunden. Sie haben eine neue Immobilie in Greenwich Village gekauft und wollen dringend eine Sicherheitsbewertung."

Killian nickte. „Nimm Knox mit. Zeig ihm alles."

„Super." Nick wandte sich Knox zu.

Knox trank noch einen Schluck Kaffee und stand dann auf. „Klingt gut."

„Ich fahre", erklärte Nick.

Gemeinsam eilten sie zum Aufzug, um hinunter zur Tiefgarage zu fahren. Wenige Sekunden später stand Nick neben einem eleganten, silbernen Aston Martin DB11.

„Nette Karre", meinte Knox.

„Danke. Killian hilft uns mit unseren Investments. Meine laufen ganz gut." Er öffnete die Tür und stieg ein.

Knox nahm auf dem Beifahrersitz Platz und stellte den Sitz so weit zurück, wie es möglich war, damit seine Beine bequem reinpassten. „Ich dachte, deine Familie wäre reich."

Nick startete den Motor und schnaubte. „Mein Stiefvater ist reich. Aber eher friert die Hölle zu, als dass ich von ihm Geld annehme." Nick grinste. „Außerdem hat meine Frau Geld."

„Du Glücklicher." Knox hielt inne. „Also ist der reiche Typ der Dad deiner Schwester?"

„Ja. Zum Glück hat Nola seine Arschloch-Gene nicht geerbt. Und ihre Geduld für ihn ist auch begrenzt." Nick warf ihm einen Blick zu. „Ich weiß, dass du nicht verheiratet bist, aber bist du vergeben?"

„Nein. Ich habe es mal mit der Ehe versucht. Einmal war genug."

Nick grunzte. „Ich habe mir immer geschworen, ich würde nicht heiraten. Aber wenn man die Richtige findet ..." Sein Lächeln wurde breiter. „Dann ist es das alles wert. Verdammt, und jetzt bekommen wir ein Baby." Er fuhr die Rampe aus der Tiefgarage hoch. Der machtvolle Motor dröhnte.

„Bist du aufgeregt?"

„Klar, und ich habe eine scheiß Angst. Mein Dad war ein Ex-Krimineller, daher habe ich nicht gerade die besten Vorbilder, was Väter angeht, die ich um Rat bitten könnte."

„Wir sind nicht wie unsere Eltern", erwiderte Knox. „Mein Dad war ein ziemlich gemeiner Mistkerl. Ich habe hart daran gearbeitet, nicht so zu werden wie er."

Nick nickte. „Ja. Ich werde alles tun, was ich kann, um ein guter Dad zu sein." Er fuhr auf die Straße und beschleunigte. „Lainie und Nola kaufen gerade die halbe Babyausstattung in Manhattan auf. Ich glaube, Nola ist ein bisschen eifersüchtig, seit Lainie schwanger ist. Aber sie freut sich sehr auf das Baby."

Knox widerstand dem Drang, in seinem Sitz hin und her zu rutschen. „Ist sie nicht verheiratet?"

„Nein." Nick starrte finster drein. „Die letzten Kerle,

die sie gedatet hat, waren Arschlöcher. Nola verdient nur das Beste. Ich will, dass sie einen Mann findet, der sie anständig behandelt, sie liebt und ihr Babys schenkt. Zum Glück hat sie einen großen Bruder, der auf sie aufpasst."

„Zum Glück", wiederholte Knox und sah aus dem Fenster.

Magnolia Newhouse war definitiv nicht die richtige Frau für ihn.

KAPITEL DREI

Nolas hohe Absätze klapperten auf dem Marmorboden in der Lobby des High Line Towers. Sie nahm sich einen Moment Zeit, um die stilvolle Einrichtung zu bewundern. Alles war in einer sanften Farbpalette gehalten, die sie an Skandinavien erinnerte – Weiß- und Grautöne mit einem Hauch von Hellbraun. An der Wand hing ein großes, rundes Kunstwerk aus Bronze.

„Guten Morgen, Ms. Newhouse."

Sie drehte sich um und lächelte den Pförtner an. „Hallo, George."

„Ich habe gehört, dass Sie eines unserer Penthouses verkaufen."

„Das hoffe ich doch sehr."

„Fahren Sie einfach hoch. Fünfunddreißigste Etage. Dort hat man eine hervorragende Aussicht. Ich wette, dass Sie kein Problem haben werden, es an den Mann zu bringen."

Sie zwinkerte ihm zu. „George, ich habe nie ein

Problem damit, etwas an den Mann zu bringen." Mit einem Winken ging sie zu den Fahrstühlen.

Am Morgen hatte sie viel zu tun gehabt und den Verkauf eines wunderschön renovierten Backsteinhauses im West Village abgeschlossen. *Auf dich, Nola.* Sie drückte den Knopf für den Aufzug.

Jetzt wollte sie sich das Penthouse im High Line ansehen. Sie wollte sich vergewissern, dass die Inszenierung perfekt war. Danach konnte sie mit der Planung ihres Marketingmaterials beginnen.

Sie dachte definitiv *nicht* an einen gewissen Silberfuchs, der sie abgewiesen hatte.

Die Fahrstuhltüren öffneten sich, und sie trat ein, wobei sie versuchte, nicht die Stirn zu runzeln. Knox' Zurückweisung schmerzte noch immer. Sie hatte ihn wirklich gemocht. Genug, um jedes Hindernis aus dem Weg räumen zu wollen. Aber er hatte offensichtlich nicht dasselbe empfunden. Schließlich hatte er sie leicht abschütteln können, als er herausgefunden hatte, wer ihr Bruder war.

Sie starrte auf ihr Spiegelbild im Aufzug und verzog das Gesicht.

Kopf hoch, Nola. Wenigstens war er ehrlich zu dir. Er hatte sie nicht verarscht.

Sie seufzte. Irgendwann würde sie es zu schätzen wissen ... vielleicht.

Der Fahrstuhl wurde langsamer, und sie stieg aus. Der Flur war bezaubernd, mit einem Beistelltisch, auf dem eine Vase mit frischen Blumen stand. Der Holzboden war in einem dezenten, hellen Braun gehalten, und an der Wand hingen mehrere große runde Spiegel. Im Vorbeigehen schnupperte sie an den Lilien.

Als sie sich der eleganten Tür zum Penthouse näherte, suchte sie die Schlüsselkarte und öffnete das Türschloss.

Sie trat ein und machte einen kleinen Freudentanz. Das war die Wohnung, die sie verkaufen sollte. Vier Schlafzimmer, vier Bäder, im Herzen von West Chelsea. Ihre bisher prestigeträchtigste Immobilie.

Das Foyer des Penthouses war umwerfend. Der Holzboden war als Parkett verlegt. Die Innenarchitekten hatten eine lange, niedrige Bank an eine Wand gestellt, und auf einem glänzenden Glastisch stand eine elegante Vase.

Nola stellte ihre Handtasche auf der Bank ab und öffnete die Notizen-App auf ihrem Handy. Ein paar Pflanzen mussten her. Schnell notierte sie ihren Gedanken.

Danach ging sie hinein und passierte die Tür zur Master-Suite. Sie erhaschte einen Blick auf das große Bett, das cremefarbene Bettzeug und die schönen, modernen Sessel. Das würde sie sich später noch genauer ansehen.

Als sie in den großen Wohnbereich trat, blieb sie stehen und hielt den Atem an. Sie nahm weder die geschwungenen, cremefarbenen Sofas noch die Steh-lampen wahr. Nein, alles, was sie sehen konnte, war die Aussicht.

Das ist perfekt. Damit würde es ein Kinderspiel sein, das Penthouse zu verkaufen. Der weite Blick auf den Hudson und die Stadt war einmalig.

„Brillant", murmelte sie.

Sie nahm die Möbel und die Dekoration in Augenschein und tippte ein paar weitere Notizen in ihr Handy. Ein paar Teppiche fehlten noch. Danach wandte sie sich dem Koch- und Essbereich zu.

Der Calacatta-Gold-Marmor der riesigen Kücheninsel schimmerte. Der Rest des Raumes war mit hochwertigen Geräten und maßgeschneiderten weißen Schränken ausgestattet. Die Innenarchitekten hatten ein Tablett mit einer eleganten Teekanne auf einer Ecke der Insel platziert, und neben dem großen Herd befanden sich einige hübsche Glasvasen. Sie tippte auf ihr Handy und machte sich eine Notiz, um demjenigen, der das Design entworfen hatte, ein Kompliment zu machen.

Nola ging noch einen Schritt weiter, und in diesem Moment hörte sie das Gemurmel leiser Stimmen. Sie runzelte die Stirn. Eindeutig Männerstimmen.

Keiner sollte hier sein. Sie ging an dem langen Esstisch vorbei, der zwar leer war, aber die Gedecke waren trotzdem toll arrangiert. Weitere Fenster boten einen fabelhaften Blick auf das glitzernde Wasser des Hudson.

Vor ihr befand sich ein zweiter Wohnbereich. Es war ein flexibel nutzbarer Raum, in den sie die Architekten noch bitten würde, ein Klavier hineinzustellen. Die Stimmen wurden lauter.

Vielleicht war hier jemand mit Wartungsarbeiten beschäftigt?

„Du hast mich verraten, Alexei." Die akzentuierte Stimme schallte durch das Penthouse.

„Nein. *Nein*." Die Stimme des zweiten Mannes war

panisch. „Das sind alles Lügen. Ich würde dich nie verraten, Zolotov."

Nolas Schritte gerieten ins Stocken, und ihre Muskeln spannten sich an. Wer zum Teufel war in dem Penthouse?

Sie straffte ihre Schultern. Diese Typen sollten nicht hier sein. Nola würde sie einfach rausschmeißen.

Wenn sie ihre Inszenierung zerstört oder eine Sauerei angerichtet hatten, würde sie die Männer zusätzlich noch zur Schnecke machen. Entschlossen schritt sie auf die Tür zu.

Ihr Gehirn brauchte eine Sekunde, um die vier Männer in dunklen Anzügen zu erfassen. Ein fünfter Mann kniete auf dem Boden.

Der ältere der vier Männer hielt eine Pistole in der Hand, die auf den Kopf des fünften gerichtet war.

Peng. Peng.

Nola zuckte zusammen. Schock durchflutete sie.

Alles lief wie in Zeitlupe ab, bis der Mann auf den Knien zur Seite kippte. In der Mitte seiner Stirn klaffte nun ein Loch, und ... *nein, nein, nein.* Das Blut.

O Gott!

Sie musste ein Geräusch von sich gegeben haben, denn plötzlich drehten sich alle vier Männer um und starrten sie an.

Nola rannte los.

Schreie hallten hinter ihr wider. Flink sprintete sie durch die Küche und geradewegs auf die Haustür zu, wobei sie sich die Schuhe abstreifte.

„Haltet sie auf!", dröhnte eine Stimme.

Nola konnte die Haustür sehen. Sie riss sie auf, stürmte aus dem Penthouse und rannte den Flur entlang.

Weitere Rufe erklangen, und als sie sich umdrehte, sah sie, wie zwei der Männer ihr hinterhereilten.

Scheiße. Mist. Verdammt!

Ihr Herz hämmerte wie wild in ihrer Brust. Schnell raste sie den Flur hinunter, hatte aber keine Zeit, auf den Aufzug zu warten.

Als sie die Tür des Penthouses zuschlagen hörte, drehte sie sich nicht um.

Sie erreichte die Tür zu den Treppen und riss sie auf. Im Treppenhaus angekommen, zog sie ihren engen Rock hoch.

Nola war versucht, nach unten zu laufen. Sie wollte so schnell wie möglich rennen und aus diesem Gebäude verschwinden. Weit, weit weg von diesen Männern.

Aber etwas regte sich in ihrem Kopf. Daher drehte sie sich um und lief stattdessen die Treppe hinauf. Die Typen würden erwarten, dass sie den Weg nach unten wählte.

Sie ging eine Etage höher und drückte sich mit dem Rücken an die Wand. Schnell hielt sie sich eine Hand vor den Mund, um ihr schweres Atmen zu verbergen.

Dann hörte sie, wie die Treppenhaustür unten geöffnet wurde. Die Männer sprachen in einer Sprache, die wie Russisch klang.

Sie donnerten die Treppe *hinunter*.

Nola stieß einen zittrigen Atem aus. Schnell schlüpfte sie durch die Tür ins nächste Stockwerk und rannte zum Aufzug. Mit zitternden Händen drückte sie auf den Knopf.

Sollte sie direkt in die Lobby fahren? Sie kaute auf ihrer Lippe. Dort könnte jemand auf sie warten. Also würde sie in den zweiten Stock fahren, sich dort verstecken und um Hilfe rufen.

O Gott. Sie hatte gerade gesehen, wie jemand getötet worden war. Mit einer Kugel in den Kopf.

Sie schloss die Augen, um den schrecklichen Erinnerungen zu entkommen, aber alles, was sie in ihrem Kopf sah, war das Blut. Nola presste ihre Handflächen an die Wangen und holte tief Luft.

Der Aufzug kam mit einem dumpfen *Klingeln* an. Ihr Puls beschleunigte sich. Was, wenn sie im Aufzug waren? Doch als sich die Türen öffneten, war die Kabine leer.

Flink trat sie ein und drückte die Nummer zwei.

In diesem Moment bemerkte sie, dass sie ihr Handy immer noch in der Hand hielt.

O Gott! Sie entsperrte den Bildschirm und sah, dass sie im Aufzug keinen Empfang hatte. Jetzt schluckte sie schwer. Sie würde warten müssen, bis sie ausstieg.

Jedes Stockwerk, an dem der Fahrstuhl vorbeifuhr, kam ihr wie eine Ewigkeit vor.

Sie musste Nick anrufen. Er würde ihr helfen.

Der Aufzug klingelte und wurde langsamer. Als sich die Türen öffneten, spähte sie hinaus.

Der Flur war leer.

Mit klopfendem Herzen trat sie auf den kühlen Holzboden hinaus. Sie kam an einem weiteren Beistelltisch vorbei, auf dem eine andere elegante Vase mit Blumen stand. In dieser befanden sich pinke Dahlien und Rosen. Sie versuchte, ihre Atmung zu beruhigen.

Eine Tür öffnete sich – die Tür zur Treppe. Ihr Kopf ruckte hoch.

Einer der Kriminellen aus dem Penthouse betrat den Flur.

Er hatte einen kahl geschorenen Kopf, und sein dunkler Blick war auf sie gerichtet.

O scheiße. Der Typ kam auf sie zu, und alles, woran sie denken konnte, war, dass er viel größer und stärker war als sie selbst.

Nola wich ein paar Schritte zurück.

Er kam noch näher. „Du kommst mit mir."

„Das glaube ich nicht." Sie wirbelte herum, packte die Blumenvase und hob sie über ihren Kopf. Dann warf sie sie ihm ins Gesicht. Die Vase prallte gegen seine Nase und zerbrach.

Er taumelte zurück, Hemd und Jacke mit Wasser durchtränkt, während die Blumen zu seinen Füßen auf den Boden klatschten.

Nola rannte. Sie raste an dem Mann vorbei, erreichte die Treppe und stolperte nach unten.

Ihre nackten Füße klatschten auf den Beton, als sie einen Treppenabsatz erreichte, sich umdrehte und weiter nach unten lief.

Sie musste hier raus und Nick anrufen.

KNOX VERLIESS DAS HT-BÜROGEBÄUDE. Die Geräusche und Gerüche von New York City schlugen ihm entgegen. Hupende Autos, wütende Rufe, das

Piepsen eines rückwärtsfahrenden Trucks. Die Luft roch nach Abgasen.

Er wollte gerade einen Schritt nach vorn machen, als ein Fahrradkurier an ihm vorbeiraste.

Knox sprang zurück. *O Gott*.

„Du siehst ein wenig erschüttert aus, Stone", sagte Nick neben ihm.

„Es wird eine Weile dauern, bis ich mich an das Leben in New York gewöhnt habe." Knox zuckte die Achseln. „Es ist nicht schlimm, nur anders. Aber es ist das, was ich wollte."

Er war mehr als nur bereit für einen Tapetenwechsel gewesen.

„Hattest du genug von den Marines?"

„Ich war gern ein Raider." Das war etwas, was ihn immer ausmachen würde. „Aber ich wurde älter, und es wurde Zeit, den Grünschnäbeln die Risiken und Erfolge zu überlassen. Bei meiner letzten Mission habe ich mir mein Knie versaut, daher habe ich als Ausbilder weitergemacht. Es hat mir gefallen, aber ich wusste, dass ich das nicht bis an mein Lebensende machen wollte."

Die Wahrheit war, dass er sich verunsichert gefühlt hatte. Er hatte etwas Neues gebraucht, war sich aber nicht sicher gewesen, was genau das war.

Als Killian mit dem Jobangebot angerufen hatte, schienen die Sterne günstig zu stehen.

Nicks Augen fielen auf Knox' dunkle Jeans. „Ich kann dir den Namen meines Schneiders geben." Er zog an seinem Jackett. „Ich war auch kein Fan von Anzügen, als ich bei Sentinel angefangen habe, aber lass mich dir eins sagen: Wenn ein Anzug für dich maßgeschneidert wird, ist er umwerfend."

„Ich werde keine Krawatte tragen."

Nick lachte. Plötzlich klingelte sein Handy, und er zog es aus seiner Tasche. Seine Augenbrauen huschten nach oben.

„Gibt es ein Problem?", fragte Knox.

„Das ist Lainies Assistentin." Er hielt sich das Handy ans Ohr. „Hier ist Garrick." Dann spannte sich sein Körper an. „Was? Geht es ihr gut? Welches Krankenhaus?" Nick atmete ein paar Mal hektisch ein. „Okay, ich bin auf dem Weg."

„Hey." Knox berührte Nicks Schulter. Sein Kollege wirkte panisch. „Was ist denn passiert?"

„Lainie ist im Büro zusammengebrochen. Sie kommt ins Krankenhaus und wird untersucht."

„Alles klar. Atme tief ein."

Nick nahm einen zögerlichen Atemzug.

„Schwangere Frauen fallen schon mal in Ohnmacht", meinte Knox. „Das ist nicht ungewöhnlich. Ist meiner Schwester auch passiert."

„Okay. Alles klar." Nick sah aus, als stünde er kurz vor einer Panikattacke. „Ich muss nach ihr sehen." Er strich sich mit der Hand durchs Haar. „Das Krankenhaus liegt in der entgegengesetzten Richtung des Büros."

„Ich finde schon allein zurück zu Sentinel. Geh."

„Bist du dir sicher?"

„Kümmere dich um deine Frau, Nick."

„Danke, Knox."

Der Mann schlüpfte in sein Auto, das vor dem

Gebäude geparkt war, und Knox sah ihm nach, als er wegfuhr.

Dann warf er einen Blick die verkehrsreiche Straße hinunter. Er würde wohl einen Spaziergang machen.

NOLA SCHOB LANGSAM die Tür am unteren Ende der Treppe auf. Sie sah und hörte nichts. Vorsichtig betrat sie die Lobby, konnte jedoch immer noch niemanden sehen. Der Marmor fühlte sich unter ihren nackten Füßen kalt an.

Sie eilte durch den Raum und bemerkte den Pförtner. „George, Gott sei Dank."

Der ältere Mann sah von seinem Schreibtisch auf und runzelte die Stirn. „Ms. Newhouse? Was –"

„Ich brauche Hilfe. Rufen Sie die 9-1-1 an."

Der Mann wirkte alarmiert. „Was ist los?"

„Da waren Männer –"

Hinter ihr wurde eine Tür aufgeschlagen. Sie wirbelte herum und sah, wie einer der Männer in die Lobby trat. Auf seinem breiten Gesicht lag ein furchteinflößender Ausdruck.

O scheiße.

„Belästigt dieser Mann Sie, Ms. Newhouse?", fragte George.

Der Ganove griff in seine Jacke und zog eine Pistole heraus.

Nolas Muskeln spannten sich an.

Er zielte in ihre Richtung. *Peng.*

Schnell warf sie sich zu Boden. Der Schuss war ohrenbetäubend, und der Lärm hallte durch die Lobby.

Sie rollte sich ab und beobachtete, wie George stöhnend zu Boden ging. Er umklammerte seine Schulter. Als er sich krümmte, spritzte Blut auf den Marmor.

O nein. Nola sah auf, und jede Zelle ihres Körpers erstarrte. Der bewaffnete Mann schritt auf sie zu, und die Waffe schwenkte in ihre Richtung.

Nein. Sie wollte noch nicht sterben.

Sie wollte sich verlieben. Eine echte, alles verzehrende Liebe erleben. Und sie wollte ein Baby. Und nebenbei das Penthouse verkaufen und ihre große Provision bekommen.

Natürlich auch noch mehr sexy Schuhe kaufen.

Eines Tages wollte sie ein Haus voller Leben, regelmäßigen, heißen Sex und graue Haare.

Nola hielt nicht inne, um nachzudenken. Sie sprang auf, stürzte sich vor und prallte direkt gegen die Beine des Mannes.

Er taumelte nach hinten. Sein Schuss ging daneben und schlug gegen die Decke.

Nola richtete sich auf und trat, so fest wie sie konnte, mit dem Bein nach oben, genau zwischen die starken Oberschenkel des Mannes.

Der Typ ließ die Waffe fallen und stieß ein schmerzhaftes Gurgeln aus.

Flink holte sie schwungvoll mit ihrem Bein aus und trat ihn erneut. Diesmal kippte er um.

O Gott! O Gott! O Gott! O Gott. O Gott.

Panik schoss durch sie hindurch. Sie rannte zu

George hinüber und ließ sich neben dem stöhnenden Pförtner auf den Boden fallen.

„Komm schon, George." Sie half ihm, sich aufzusetzen. „Wir müssen hier raus." Bei diesen Worten schlang sie einen Arm um seinen Rücken. „Bereit?"

Er nickte, aber sein Gesicht war aschfahl. Als sie aufstanden, wankte sie fast unter seinem Gewicht. Der Blutfleck auf seinem weißen Hemd wurde immer größer. Sie konnte ihn nicht hierlassen. Diese Kerle würden ihn umbringen.

„Wir müssen fliehen", erklärte sie ihm.

Der Pförtner nickte erneut, das Gesicht vor Schmerz verzerrt. Gemeinsam humpelten sie zur Vordertür. Sie schafften es nach draußen, und die Geräusche der Stadt prasselten auf sie ein. Ein Passant keuchte und schrie entsetzt beim Anblick des Blutes auf.

„Er braucht Hilfe!", rief Nola. „Jemand muss den Notruf wählen. Da drinnen ist ein Mann mit einer Waffe!"

Eine kleine Menschenmenge versammelte sich. Zwei Männer nahmen ihr George ab. Eine Frau in der Nähe telefonierte bereits mit ihrem Handy. Nola schlug ihre Hände zusammen und sah, dass sie Blut auf ihrer hübschen, blauen Bluse hatte.

Dann drehte sie sich um und schaute durch das Glas zurück. Die anderen Ganoven hatten die Lobby betreten.

Darunter auch der ältere Mann mit den kalten Augen, der den Mann im Penthouse hingerichtet hatte.

Er begegnete ihrem Blick durch das Glas.

Verdammt!

Nola wirbelte herum und rannte los.

Sie sprintete den Bürgersteig hinunter, und ihre nackten Füße schrammten über den Beton. Pfui, der Boden war so verdammt schmutzig.

Als sie einen Blick zurückwarf, sah sie drei Männer, die aus dem High Line Tower kamen. Ihre Waffen waren nicht erhoben, aber sie waren eindeutig auf der Suche nach ihr.

Nola schaute nach vorn und rannte weiter.

Zwei große Männer in dunklen Anzügen tauchten vor ihr auf, und sie kam panisch zum Stehen. Gott, gehörten die auch zu diesen Mördern? Wie viele von ihnen waren noch hier draußen?

Während ihr Herz heftig pochte, liefen die beiden direkt an ihr vorbei.

Sie presste eine zittrige Hand auf ihre Brust.

Auf der Straße konnte sie nicht bleiben. Die Typen würden überall nach ihr suchen.

Nola blickte sich um, dann huschte sie in eine Gasse. Etwas bröckelte unter ihrem nackten Fuß, und sie zuckte zusammen.

„Bitte lass nicht zu, dass ich mir eine ansteckende Krankheit einfange", murmelte sie.

Vor sich sah sie den Koloss eines Müllcontainers, hinter dem sie sich sofort versteckte.

Mit zitternder Hand zückte sie ihr Handy und drückte die Taste für Nick. Es klingelte und klingelte, und Tränen traten ihr in die Augen. Warum ging er nicht ran?

„Komm schon" drängte sie.

Der Anruf wurde auf seine Mailbox umgeleitet.

„*Nein.*" Sie atmete schwer aus. Dann rief sie Sentinel Security an.

„Hallo, Sie sind mit Sentinel Security verbunden." Es war Hex' fröhliche Stimme, die antwortete.

„O Gott, Hex. Hier ist Nola."

Hex' Tonfall änderte sich. „Nola, was ist los?"

„Ich habe versucht, Nick anzurufen, aber er antwortet nicht." Ihre Worte fielen ihr nur so von den Lippen. „Ich bin zu dem Penthouse gegangen, das ich verkaufen will. Dort waren Männer. Ich habe gesehen, wie einer von ihnen einem anderen Mann in den Kopf geschossen hat." Ihre Stimme wurde lauter, und sie schluckte. „Es sind Russen. Jetzt sind sie hinter mir her."

Hex' gefluchte Worte waren leise und ziemlich anstößig. „Okay, mach langsam. Ich stelle dich auf laut."

„Nola." Das war Killians ruhige, tiefe Stimme. „Bist du in Sicherheit?"

„Ich weiß es nicht. Wahrscheinlich. Ich verstecke mich in einer Gasse neben dem High Line Tower." Sie schluckte. „Die Typen suchen nach mir."

„Bleib, wo du bist. Wir schicken jemanden zu dir." Nola hörte, wie seine Stimme leiser wurde, als er kurz mit Hex sprach. „Wolf und Stone sind dir am nächsten. Du musst dich nur verstecken, bis sie da sind."

„Okay", erwiderte sie zittrig.

„Nola, du hast gesagt, die Männer wären Russen?"

„Ja. Der Mann, den sie erschossen haben, hieß Alexei. Der Mann, der geschossen hat, wurde Zolotov genannt."

Stille. Ihre Hand umklammerte das Handy. „Das ist nicht gut, oder?"

„Nein, ist es nicht", stimmte Killian zu.

„Gott, sie gehören zur Mafia, nicht wahr?"

„Bleib einfach in deinem Versteck. Die Jungs sind auf dem Weg zu dir."

„Danke, Killian."

„Wir werden dich finden, Nola."

Nola beendete das Gespräch und fühlte sich plötzlich furchtbar allein. Sie schlang einen Arm um ihre Mitte, als sich die Angst wie eine Schlinge um ihren Hals legte. Zitternd wischte sie sich mit der Hand über den Mund.

Eigentlich wollte sie Knox nicht sehen, aber im Moment war es ihr egal, wer sie abholte, Hauptsache, es kam jemand.

Am Leben zu bleiben war wichtiger als ihr Stolz.

KAPITEL VIER

Knox schritt den Bürgersteig entlang und beobachtete, wie eine clevere, junge Taschendiebin einen Touristen anrempelte. Als die dunkelhaarige Frau nach der Brieftasche des Mannes griff, fing Knox ihren Blick auf.

Sie blieb stehen und verzog das Gesicht. Dann drehte sie sich um und verschwand in der Menge, zweifellos, um ihr nächstes Opfer zu finden.

Als er sich dem Hotdog-Stand zuwandte, gab Knox dem lächelnden Verkäufer etwas Geld und nahm sich seinen Hotdog. Der Stand wurde von einem leuchtend gelben Schirm überdacht.

Er dachte sich, dass er nicht nach New York ziehen konnte, ohne einen Hotdog zu essen.

Knox nahm ein paar Bissen und ging die Straße entlang, vorbei an einigen Restaurants und Läden.

Sein Handy klingelte. Während er den letzten Bissen seines Hotdogs kaute, zog er das Handy aus seinem Jackett. „Holman."

„Knox, ich bin es, Killian."

„Gibt es ein Problem?" Ihm gefiel der Klang der Stimme seines Bosses nicht.

„Wo ist Nick? Er antwortet nicht."

„Er hat einen Anruf bekommen. Lainie ist zusammengeklappt", erzählte Knox Killian. „Er war ziemlich durch den Wind und ist auf dem Weg zu ihr ins Krankenhaus."

Killian fluchte.

Knox hob die Brauen. „Was ist los?"

„Nola hat angerufen. Sie hat sich wegen ihrer Arbeit ein Penthouse angesehen, aber es war nicht so leer, wie es sein sollte. Sie hat gesehen, wie der Anführer der lokalen Mafia einem Mann in den Kopf geschossen hat."

„*Verdammt*", stieß Knox aus. „Gehts ihr gut?"

„Nein. Zolotovs Männer sind ihr auf den Fersen. Sie versteckt sich in einer Gasse."

Sein Blut wurde eiskalt. Nola war winzig. Wenn er sich ihre kleine Gestalt gegen ein paar harte russische Gangster vorstellte ...

Er musste sofort zu ihr.

„Ich schätze, wenn sie bei der Polizei aussagt, was sie gesehen hat, wird das diesen Zolotov aus dem Verkehr ziehen?"

„Korrekt."

„Und er wird alles tun, um das zu verhindern."

„Ja. Er ist bekannt für seinen Blutdurst und seine Brutalität. Knox, du bist ihr am nächsten –"

„Gib mir die Adresse durch. Ich hole sie."

„Ich schicke sie dir aufs Handy." Hex' Stimme erklang in der Leitung. „Beim High Line Tower. Ich habe ihr Handysignal nachverfolgt. Sie ist in der Gasse nördlich des Gebäudes."

Knox sah sich die Kartenapp auf seinem Handy an und ging dann in die nächste Straße. Er wurde schneller. „Was, wenn ich sie gefunden habe?"

„Beschütze sie", antwortete Killian. „Und bring sie zurück zu Sentinel Security."

„Warte!", rief Hex. „Wir haben ein Problem. Ich habe mir die Kameraaufzeichnungen um den High Line Tower besorgt. Die Straßen sind voll von Zolotovs Männern."

„Was?", bellte Killian.

„Drei schwarze SUVs haben gerade vor dem Gebäude gehalten. Die Gesichtserkennung rattert wie verrückt. Das sind alles Fußsoldaten von Zolotov."

Knox' Kiefer spannte sich an. Auf keinen Fall würde Zolotov Nola am Leben lassen. In seinen Gedanken sah er ihr verführerisches Lächeln, ihre hübschen Augen und den kecken Gesichtsausdruck.

Verdammt, nein. Niemals würde er zulassen, dass ihr jemand wehtat.

„Ich lege jetzt auf", meinte er knapp. „Ich hole sie."

„Knox, pass auf dich auf", befahl Killian. „Und schnapp dir unser Mädchen."

Knox schob das Handy in seine Hosentasche, dann rannte er los.

OKAY, es machte keinen Spaß, vor Angst den Verstand zu verlieren.

Hinter dem stinkenden Müllcontainer kauernd, versuchte Nola einige Atemtechniken, die sie in ihren gelegentlichen Yogastunden gelernt hatte.

Das funktionierte gut nach einem langen Tag im Büro, aber nicht so gut, wenn man um sein Leben fürchtete.

Sie hoffte, dass es George, dem Pförtner, gut ging.

„Nick wird bald hier sein", machte sie selbst Mut und ballte ihre Hände. „Dir wird nichts passieren."

Am Eingang der Gasse war ein Geräusch zu hören.

Sie ging tiefer in die Hocke, und ihr Herz pochte hart gegen ihre Rippen. Sie hoffte, dass es keine Russen oder Ratten waren. Sie hasste Ratten.

Jemand pfiff, und sie spähte um die Ecke des Müllcontainers. Ein Stück weiter in der Gasse war ein Mann dabei, Müll in einen anderen Container zu werfen. Er musste aus einem der Gebäude gekommen sein.

Nola ließ sich mit dem Rücken gegen den Container sinken und schloss die Augen.

Dann hörte sie das leise Gemurmel von Stimmen. Sie riss die Augen auf, und ihr Herz schlug ihr bis zum Hals. Die Stimmen sprachen eindeutig Russisch.

O verdammt.

Vorsichtig beugte sie sich vor und lugte erneut um den Müllcontainer herum. Der Geruch von faulendem Essen drehte ihr den Magen um. Zwei Männer in dunklen Anzügen standen am Eingang zur Gasse. Einer wies mit einer Geste tiefer in die Gasse hinein, und der andere schüttelte den Kopf.

Plötzlich gesellte sich ein dritter Mann zu ihnen und

bellte den beiden Befehle zu. Nach einer Sekunde schritt er wieder davon.

Wie viele waren es? Ihre Kehle schnürte sich zu. Waren sie alle auf der Suche nach ihr?

Einer der Männer betrat die Gasse. Er warf einen Blick zur Seite. Der zweite Kerl drehte sich ebenfalls um und verschwand um die Ecke.

Nola wich zurück.

Verdammt! Was jetzt? Sie konnte nicht unter den Müllcontainer krabbeln. Der Typ würde sie jeden Moment erreichen und sie zweifellos entdecken.

Beeil dich, Nick.

Sie hatte keine Ahnung, wie lange es dauern würde, bis ihr Bruder ankommen würde. Neben ihr lag ein Stück feuchter Karton. Sie hielt es hoch. Vielleicht konnte sie sich dahinter verstecken?

Bei dem Gedanken rollte sie mit den Augen. Das würde nicht viel nützen.

Als sie den Boden absuchte, entdeckte sie einen zerbrochenen Regenschirm zwischen dem Müll. Sie hob ihn auf. Der Stoff war völlig zerrissen, nur der Griff und der Drahtrahmen waren übrig.

Es war nicht die beste Waffe, aber besser als gar keine.

Nola hielt den Griff fest umklammert und lauschte, während der Mann näher kam. Er murmelte etwas vor sich hin. Wahrscheinlich mochte er den Gestank aus dem Müllcontainer auch nicht. Er trat gegen einen Gegenstand, und sie hörte, wie eine Dose durch die Gasse klapperte.

Nola biss sich auf die Lippe. Ihr Herz klopfte so

heftig, dass sie das Gefühl hatte, es würde aus ihrer Brust springen. Ihre Finger umklammerten den Griff des Regenschirms fester.

Der Mann trat in Sichtweite, entdeckte sie und grinste.

Nola stürmte auf ihn zu und schwang ihre Waffe. Sie prallte gegen die massive Brust des Mannes. Erneut schlug sie zu, aber dieses Mal packte er den Schirm und riss ihn ihr aus den Händen.

Scheiße! Sie machte einen Schritt zurück, und er trat vor.

Nola stürzte nach vorn und versuchte, ihm auszuweichen.

Er packte sie an der Bluse, und sie keuchte auf. Dann wirbelte er sie herum und schleuderte sie mit einem Knall gegen die Seite des Müllcontainers.

Ihr Gesicht prallte gegen das Metall, und ihr Jochbein pochte vor Schmerz. Sie schrie auf.

Der Gangster zerrte sie wieder zu sich, bis sie auf den Zehenspitzen stand. Zuckend und zappelnd versuchte sie, sich zu befreien, aber er war so viel größer und stärker als sie.

„Lass mich los, du Arschloch!"

Während er sie mit einer Hand festhielt, holte er mit der anderen sein Handy aus der Tasche, zweifellos, um seinen Chef anzurufen.

Ihre Brust zog sich zusammen. Nick würde zu spät kommen. Gott, er würde sich die Schuld geben. Sie würde ihre kleine Nichte nie zu Gesicht bekommen.

Weitere Schritte ertönten auf dem Bürgersteig – langsam und bedächtig –, und Nolas Herz sank. Gegen zwei von ihnen konnte sie sich wirklich nicht wehren. Sie blickte zurück und sah die Gestalt eines weiteren großen Mannes, der ein Jackett trug.

Verzweiflung erfasste sie.

Der Neuankömmling stürmte vor, streckte seine Hand über sie hinweg und schlug ihrem Angreifer ins Gesicht.

Der Russe ließ sie los, und sie taumelte zurück. Sie prallte gegen einen harten Körper und blickte in das schroffe Gesicht von Knox.

Nola keuchte auf.

Seine grauen Augen waren schmal. Er sah hart, konzentriert und gefährlich aus.

Schnell schubste er sie zur Seite und stürzte sich auf den Gauner. Knox schlug den Mann erneut, und der Russe brüllte auf. Er machte einen Satz nach vorn, rammte Nola und warf sie zu Boden.

Autsch. Der Kies knirschte unter ihren Handflächen. Sie hob den Kopf und beobachtete den Kampf.

Knox krallte eine Hand vorn in das Hemd des Mannes und rammte ihm einen Aufwärtshaken in den Bauch. Der Wichser stieß einen erstickten Laut aus und schwang einen Arm nach oben. Knox wich ihm aus und schlug ihm ins Gesicht.

Seine Schläge waren hart, rücksichtslos und kraftvoll.

Schließlich schubste Knox den Russen ein letztes Mal, und er fiel regungslos auf den schmutzigen Beton. Knox krümmte seine Hände und drehte sich um.

„Nola? Alles in Ordnung?" Er half ihr auf.

„Mir gehts gut. Alles gut." Sie konnte kaum noch atmen. Eine riesige Welle von Gefühlen erfasste sie. Sie verschränkte ihre Hände. „Ich ... Ich ...“ Ihre Stimme brach.

Dann umschlangen sie kräftige Arme.

Sie klammerte sich an Knox. Er war so groß, kräftig und unnachgiebig.

Stark.

Sie fühlte sich sicher.

Ihre Hände krallten sich in seine Haut.

KAPITEL FÜNF

S ie war in Sicherheit.

Knox hielt Nolas winzigen Körper fest umklammert. Er hatte gar nicht erkannt, wie viel Angst er empfunden hatte, als er gehört hatte, dass sie in Gefahr war. Nicht, bis er sie gesehen hatte.

Und in dem Moment, in dem er die Gasse betreten und gesehen hatte, wie der Russe sie packte ...

Er kannte sie kaum, aber er wusste jetzt schon, dass sie etwas Besonderes war. Das konnte er tief in seinem Inneren spüren.

„Danke, Knox." Ihre Stimme zitterte, und sie löste sich von ihm.

Sofort vermisste er ihre Berührung.

„Du bist nicht verletzt?", fragte er.

„Das Schlimmste ist, dass ich barfuß durch diese eklige Gasse gelaufen bin." Sie zog eine Grimasse.

Er schüttelte den Kopf und bemerkte dann die Schwellung an ihrer Schläfe. Sanft streckte er seine Hand aus und legte sie an ihr Kinn. Dann hob er sanft ihren Kopf an und strich mit seinen Fingern über die Seite ihres Gesichts.

„Ach das. Das Arschloch hat mich gegen den Müllcontainer geworfen. Keine Erfahrung, die ich empfehlen würde."

Eine Sekunde lang wollte Knox lachen, aber er konnte seine Wut nicht zügeln. Stattdessen starrte er den Wichser am Boden böse an. Er wollte ihn erneut schlagen.

„Knox, mir gehts gut." Sie legte eine Hand auf seinen Arm, bis er sie ansah. „Wo ist Nick?"

„Lainie ist ohnmächtig geworden. Er ist losgefahren, um nach ihr zu sehen."

„O nein." Nolas Gesicht wurde von Sorge erfüllt. „Geht es Lainie gut?"

Natürlich machte sie sich mehr Gedanken über ihre Freundin als über die Tatsache, dass sie in Lebensgefahr schwebte.

„Ich habe noch nichts gehört, aber ich bin mir sicher, dass alles in Ordnung ist." Er nahm ihre Hand. „Komm schon, wir müssen dich wohlbehalten zu Sentinel Security bringen."

„Es tut mir leid, dass du da mit reingezogen wurdest."

Er neigte ihr Kinn nach oben. „Mir nicht."

Sie starrte ihn an, und er konnte sofort ihre Verbindung spüren. Sie war gestern Abend schon überwältigend gewesen.

„Ich bin froh, dass du da bist", murmelte sie.

„Und ich bin froh, dass es dir gut geht, Elfe."

„Knox", stieß sie aus.

Er neigte seinen Kopf, und sie trat näher.

Das Geräusch russischer Stimmen erklang in der Gasse. Knox wirbelte herum und schob Nola hinter sich.

Zwei große Typen standen am Eingang der kleinen Straße.

„*Verdammt.*" Knox packte ihren Arm. „Hier lang." Er drehte sich um und zog sie tiefer in die Gasse hinein.

Weitere Rufe erklangen. Zolotovs Männer folgten ihnen.

Knox wurde schneller und zerrte Nola halb hinter sich her. Eine Tür vor ihnen öffnete sich, und ein Mann in einer weißen Schürze, der eine schwarze Mülltüte in der Hand hielt, trat hinaus.

„Gehen Sie wieder rein!", rief Knox.

Schüsse hallten von den Backsteinwänden wider.

Scheiße. Er schubste Nola zur Seite und schützte sie mit seinem Körper. Der Mann ließ den Beutel fallen und rannte wieder hinein, wobei er die Tür hinter sich zuschlug.

Knox zog seine SIG und wirbelte herum. Dann schoss er in die Gasse.

„Wir müssen weiter, Nola. Lauf so schnell du kannst."

„Schon dabei." Sie sprintete los wie eine Athletin.

Knox folgte ihr und feuerte dabei.

Ein Kugelhagel durchbrach die Gasse.

„Runter!", brüllte er.

Nola ließ sich auf den Boden fallen. Knox bückte sich und zog sie hinter einen Müllcontainer. Er spähte an der Seite vorbei und schoss erneut.

„Knox, das ist eine Sackgasse."

Er sah in die andere Richtung und erkannte, dass sie

recht hatte. *Mist.* Knox schaute sich um. Eine Feuer-treppe aus Metall hing an dem Nachbargebäude. Ein paar Stockwerke höher stand ein Fenster offen.

„Da." Er riss sein Kinn nach oben. „Wir müssen da hoch."

Sie biss sich auf die Lippe und nickte. „Alles klar."

Etwas verkrampfte sich in Knox' Brust. Sie war weder panisch noch hysterisch, sondern darauf konzen-triert, was getan werden musste.

„Ähm, da gibt es nur ein Problem", meinte sie. „Ich kann nicht so hoch springen."

„Ich hebe dich hoch." Er feuerte noch ein paar Mal, dann wandte er sich wieder ihr zu.

Nola hatte ihren engen, grauen Rock hochgezogen und zeigte ihre schlanken Beine.

Verdammt. Konzentriere dich aufs Wesentliche, Holman.

Er packte sie an der Taille und hob sie hoch. Dabei erhaschte er einen kurzen Blick auf ihr pinkes Höschen.

Nola ergriff das Metall und zog sich die Feuertreppe hoch. Knox feuerte noch einmal und beobachtete, wie die Russen in Deckung gingen. Schließlich wirbelte er herum, steckte die Waffe ins Holster, sprang hoch und packte die Feuerleiter. Mit einem kraftvollen Ruck zog er sich hoch.

Schüsse prallten von dem Metall in ihrer Nähe ab. Er konnte hören, wie Nola aufschrie und sich duckte. Knox zog seine Waffe, zielte und feuerte in die Gasse.

„Hoch mit dir", befahl er. „Über uns ist ein offenes Fenster."

Schnell kletterten sie die Feuerleiter hoch.

Nola hob die Brauen. „In der Wohnung ist jemand —"

„Geh", forderte er sie auf.

Mit einem Kopfschütteln warf sie ein Bein über die Fensterbank und kletterte hinein. Er folgte ihr.

Die Wohnung war schlicht, mit abgenutzten Möbeln. Die Wände waren dunkelgelb gestrichen. Eine Frau mit einem Beutel voller Wäsche kam aus einer nahegelegenen Tür. Als sie die beiden sah, schrie sie und beschimpfte sie auf Spanisch.

„Tut mir leid", sagte Nola und hob die Hände. „Wirklich. Wir werden Ihnen nicht wehtun."

Knox schloss das Fenster hinter sich und verriegelte es. Er deutete nach draußen. „Böse Jungs. *Chicos malos.*"

Die Frau stolperte zurück und sah völlig verängstigt aus.

Knox zerrte Nola durchs Wohnzimmer zur Haustür. Er öffnete die Tür und trat mit ihr in den engen Flur.

„Komm." Sie joggten zur Treppe und stiegen eine Etage nach unten.

„Hier wollen wir anhalten?", fragte sie.

„Wir brauchen ein Versteck." Er schritt den Flur entlang und hielt an einer Tür inne, auf der *Wartung* stand.

Schnell rammte er seine Schulter dagegen, nahm wieder Anlauf und versuchte es erneut. Das schwache Schloss fiel ab, und die Tür öffnete sich. Er zog Nola hinein.

Als er die Tür hinter ihnen zuzog, wurden sie von der Dunkelheit verschluckt. Alles, was er hören konnte, war ihr schwerer Atem. Außerdem roch es nach scharfen Reinigungsmitteln.

„Alles gut?", fragte er.

„Ja. Vielleicht. Wahrscheinlich brauche ich nach all dem eine kleine Therapie."

Er packte ihren Nacken und drückte ihn sanft. „Du schlägst dich großartig, Elfe."

„Danke."

Er zückte sein Handy und rief jemanden an.

„Knox?", fragte Hex nervös.

„Sie ist bei mir."

„Gott sei Dank." Sentinels Tech-Göttin atmete erleichtert laut aus. „Er hat sie."

„Wir haben es gerade so geschafft. Sie haben auf uns geschossen."

„Zolotovs Männer sind überall", erklärte Hex.

„Dann wird es uns schwerfallen, Sentinel Security zu erreichen", erwiderte Knox. „Wir brauchen einen Ersatzplan."

„Knox." Das war Killians Stimme. „Am besten wäre es, sich zu verstecken, bis Zolotov aufgibt."

„Wo?"

„Wir haben in der Nähe einen Unterschlupf. Er ist klein, wird aber ausreichen. Ihr könntet heute Nacht dortbleiben. Devyn ist auf dem Weg zu euch. Das Gebäude, in dem ihr seid, wird unterschiedlich genutzt. In der ersten Etage befinden sich ein paar Büros, daher gibt es im Lobbybereich Toiletten. Sie wird eine Tasche für euch dort hinterlassen. Darin ist für jeden von euch eine Perücke und ein Satz Kleidung."

Verkleidungen würden helfen. Das sollte ausreichen,

um Zolotovs Männer so lange zu täuschen, bis er Nola zum Unterschlupf gebracht hatte. „Verstanden. Ich melde mich, wenn wir dort angekommen sind."

Er beobachtete im schwachen Licht, wie Nola mit ihren Fingern durch ihr Haar strich. Vorsichtig nahm er ihre Hand, und sie sah zu ihm auf.

„Geht es Nola gut?", fragte Killian.

„Ja", antwortete Knox. „Sie hält durch wie eine Kämpferin."

Ihre Wimpern flatterten, und sie sah weg. Schließlich neigte sie ihren Kopf zurück. „Warte – haben sie was von Lainie gehört?"

„Nola fragt nach Lainie", gab Knox weiter.

„Sag ihr, dass es Lainie gut geht", erwiderte Hex. „Nick hat geschrieben, aber ich weiß noch keine Details."

Knox sah Nola an und nickte. „Lainie geht es gut."

Nola atmete erleichtert aus.

„Stone?", sagte Killian. „Bring sie sicher zum Unterschlupf."

NOLA KONNTE NICHT AUFHÖREN, zu zittern. Sie merkte, dass der Adrenalinrausch in ihrem Körper langsam abklang und ballte die Fäuste.

„Hier." Knox drehte einen Eimer um und klopfte auf die Oberseite.

„Danke." Sie setzte sich hin und spürte, wie eine Seite ihres Gesichts pochte. Vorsichtig berührte sie sie und hoffte, dass sie kein blaues Auge bekommen würde.

Er bückte sich vor sie und nahm ihre Hände in seine.

„Du bist so warm", murmelte sie.

„Du bist in Sicherheit, Nola."

„Bin ich nicht." Ein leises Lachen entfloh ihren Lippen. „Ich verstecke mich in einem Reinigungsraum und die russische Mafia ist hinter mir her."

„Ich werde nicht zulassen, dass dir *irgendjemand* wehtut. Wir werden zu Killians Unterschlupf gehen und morgen bringe ich dich zu Sentinel Security. Dann sagst du bei der Polizei aus. Ich und der Rest von Sentinel Security werden dich beschützen."

Sie atmete ein. „Okay, was machen wir als Nächstes?"

„Wir warten auf Devyns Nachricht. Sobald wir die Verkleidungen angezogen haben, die sie uns bringen wird, machen wir uns auf den Weg zum Unterschlupf. Er ist nur ein paar Blocks entfernt."

Ein paar Blocks fühlten sich wie hundert Meilen an. Als sie Knox gestern Abend kennengelernt und ihn geküsst hatte, hatte sie nicht erwartet, mit ihm in einem Reinigungsraum festzusitzen. „Lenk mich ab. Ich muss meine Gedanken aus dieser verrückten Situation befreien."

Knox streichelte ihr Handgelenk. „Ist Nick ein guter Bruder?"

„Der Beste. Wir haben die gleiche Mom, aber unterschiedliche Dads. Mein Dad ist –", sie rümpfte die Nase, „– versnobt und arrogant." Sie seufzte. „Aber er liebt mich. Manchmal ist er ansatzweise anständig."

„Niemand ist komplett schwarz oder weiß."

Sie nickte. „Hast du Familie?"

„Meine Eltern sind tot, aber ich habe noch eine

Schwester. Sie wohnt in Kalifornien und hat zwei Kinder. Ich habe eine Nichte und einen Neffen. Beide sind auf dem College."

„Und die Marines, oder? Ihr seid doch auch wie eine Familie."

„Ja."

„Warum bist du gegangen?"

„Es war Zeit. Ich war Jahre bei den Special Forces – den Marine Raiders."

Sie lächelte. „Das hätte ich wissen sollen. Du hast diesen Special-Forces-Vibe."

„Ich habe es geliebt, aber ich wurde älter. Eine Verletzung hat mich langsamer gemacht. Schließlich habe ich den aktiven Dienst aufgegeben, um die Rekruten zu trainieren."

„Aber?" Sie neigte den Kopf. „Ich kann da ein *Aber* hören."

„Ich schätze, mir hat die Action gefehlt. Irgendwie habe ich mich zurückgelassen gefühlt, während ich zugesehen habe, wie die Jungs zu einer neuen Mission aufgebrochen sind. Es fühlte sich nicht mehr richtig an. Dann rief Killian an und machte mir das Jobangebot. Das hat sich richtig angefühlt."

„Nun, dein zweiter Tag in diesem Job ist ziemlich aufregend."

Er drückte ihre Hand und lachte. „Ja. Die andere Sache, mit der ich nicht gerechnet habe, war eine wunderschöne Frau mit kurzem, dunklem Haar und großen, blauen Augen in einer überfüllten Bar kennenzulernen."

„Oh."

„Und ich habe wirklich nicht erwartet, dass es sich wie nach Hause kommen anfühlen würde, wenn ich sie küsse."

Ihr Herz schlug schneller. „Flirtest du etwa mit mir?"

Er zuckte die Achseln. „Ich war noch nie gut im Flirten."

Sie lehnte sich vor. „Nun, ich finde, du machst das echt gut."

„Ich bin ein Arsch. Du bist traumatisiert, und –"

Sie drückte seine Hand. „Mir gefällt es. Ich mag dich, Knox."

Er lehnte sich zu ihr und legte seine Hände auf ihre Wangen. Ein Schauer durchströmte ihren Körper.

Dann vibrierte sein Handy.

„Ist es Devyn?", fragte Nola

„Ja." Er nahm sein Handy und stand auf. Das Licht von seinem Handy färbte sein Gesicht blau. „Sie hat die Tasche in der Lobby auf der Männertoilette versteckt. Gehen wir runter." Er öffnete die Tür und warf einen Blick in den Flur. „Bereit?"

Nola packte seine Hand. „Bereit."

Als sie den Flur hinuntergingen, öffnete sich keine der Wohnungstüren. Sie erreichten das Treppenhaus und stiegen hinab.

Als sie die kleine Lobby erreichten, versuchten sie, wie ein normales Paar auszusehen. Nola hoffte, dass niemand bemerken würde, dass ihre Füße nackt und schmutzig waren. Sie machten sich auf den Weg zu den Sanitärräumen. Knox öffnete die Tür zur Herrentoilette, sah nach, ob sie leer war und zog sie hinein.

„Erst barfuß auf dem Bürgersteig, dann in einer

schmutzigen Gasse." Sie rümpfte die Nase. „Jetzt auf dem Männerklo."

Bevor sie etwas sagen konnte, hob Knox sie hoch.

„Knox."

„Halt dich fest."

Er trug sie zur hintersten Toilette und trat ein. Knox drehte sie leicht. „Stell deine Füße auf meine Stiefel."

Sie tat wie ihr geheißen und hielt ihr Gleichgewicht, indem sie sich an ihm festhielt. Dann sah sie die schwarze Tasche in der Ecke neben der Toilette. Knox schloss die Tür hinter sich und verriegelte sie.

Er trat näher an die Toilette und schloss den Deckel. „Halt dich fest."

Sie krallte ihre Hände in seinem Oberteil fest, als er seine Jacke auszog. Sein Shirt war heute weiß und warm von seiner Haut.

Er ließ die Jacke auf den Boden fallen. „Bitte schön."

Wie ein alter, englischer Gentleman. Sie stieg von seinen Stiefeln auf den Stoff und sah ihn an.

„Was?", fragte er.

„Ich glaube, du bist einer der letzten guten Männer."

Er stellte die Tasche auf den Toilettendeckel und zog eine neue Jacke heraus – aus braunem Leder – und eine Kappe.

„Wie, keine sexy Nerd-Brille?", neckte sie ihn.

Er warf ihr einen Blick zu und zog die Jacke an. Als Nächstes beförderte er eine blonde Perücke zutage, die bis zu ihren Schultern reichen würde.

Nola setzte sie auf und warf sich in Pose. „Was denkst du?"

„Ich glaube, dein echtes Haar gefällt mir besser."

Danach packte Knox eine Leggings, ein Tanktop und eine Laufjacke mit Reißverschluss aus. Alles war pink-grau. „Das ist nicht meine Größe."

Nola unterdrückte ein Lachen. Er gab sie ihr und drehte sich um, sodass sie auf seinen breiten Rücken starrte.

Sie konnte die Spannung in der Luft zwischen ihnen spüren. Schnell knöpfte sie ihre Bluse auf und zog den Rock aus, während sie sich der Tatsache, dass er direkt vor ihr stand, unglaublich bewusst war. Eilig zog sie die Leggings und das Top an, bevor sie die Jacke darüber schloss. Schließlich zog sie noch ein Paar Socken und Sneaker aus der Tasche.

„Schuhe!" Sie drückte sie an ihre Brust. „Devyn ist wundervoll. Das ist alles genau meine Größe." Sie schlüpfte mit ihren dreckigen Füßen in die Socken – wahrscheinlich würde sie sie später einfach verbrennen –, zog dann die Schuhe an und band die Schnürsenkel zu. „Fertig."

Knox drehte sich um und musterte sie. Schließlich stopfte er ihre abgelegte Kleidung in die Tasche.

„Alles klar. Wir müssen noch zwei Blocks hinter uns bringen. Ich habe mir die Karte angesehen und denke, wir gehen am besten über den Chelsea Market. Dort sind mehr Leute, und es wird einfacher sein, uns unauffällig zu verhalten und unter dem Radar zu bleiben."

Nola hob ihr Kinn an. „Bin bereit."

Sie war furchtbar nervös, aber zumindest war Knox bei ihr.

KAPITEL SECHS

Knox hielt Nolas Hand umklammert. Sie riss sich zusammen, aber er merkte, dass sie Angst hatte.

Er hasste die blonde Perücke. Als dunkelhaarige Elfe sah sie viel besser aus.

Sie verließen das Gebäude, und er versuchte, ruhig zu bleiben und nicht wie ein Mann auszusehen, der auf Ärger aus war.

„Bleib ruhig und entspannt", murmelte er ihr zu. „Lächle und sieh glücklich aus."

„Klar. Easy-peasy." Dann packte sie seinen Arm und lächelte ihn an.

Ihr mutiges Lächeln traf ihn wie ein Schlag in die Magengrube.

Er streckte seine Hand aus und spielte mit ihrem blonden Haar. „Wir gehen direkt zum Markt und laufen drüber. Die Wohnung ist ganz in der Nähe."

„Klingt nach einem guten Plan."

Als sie den Bürgersteig entlanggingen, versuchten sie, nicht übereilt zu wirken. Sie gingen an einem Starbucks und einem lachenden Trio Frauen vorbei, die Takeaway-Becher in der Hand hielten.

„So war ich gestern", sinniert Nola. „Ich habe mir einen Mokka geholt. Lächelnd hoffte ich, dass ich das High-Line-Tower-Penthouse verkaufen darf." Sie schnaubte. „Wenn ich gestern gewusst hätte, was ich heute weiß, hätte ich mir das wohl besser nicht gewünscht."

Er legte einen Arm um sie. „Alles wird gut, das verspreche ich dir."

„Du klingst wie Nick. Die gleiche Sicherheit, ohne jeden Zweifel." Sie streckte sich. „Warum nennt man dich Stone? Weil du hart wie ein Stein bist?"

„Nicht ganz." Knox zog sie an sich, und sie wichen einem streitenden Paar auf dem Gehweg aus. „Auf einer Mission wurde mein Team losgeschickt, um ein paar entführte Ingenieure in einem Land zu retten, das ich nicht nennen darf. Sie wurden in einer Höhle festgehalten und von zu vielen Terroristen bewacht, als dass wir hätten reinstürmen können."

„Und?"

„Ich habe mit Dynamit ein Loch in die Höhlenwand gesprengt. Steine flogen überallhin und haben die Hälfte der Terroristen unter sich vergraben. Danach nannten mich meine Kollegen Stone."

„Und die Ingenieure?"

„Wir haben sie sicher rausgeholt."

„Du bist also ein ganz normaler amerikanischer Held."

Er hasste das Wort. „Nein, ich bin nur ein Typ, der versucht, das Richtige zu tun."

Sie sah zu ihm auf. „Und jetzt hilfst du dabei, mich zu retten. Klingt für mich nach Held. Es gibt nicht viele Typen, die das Richtige tun, geschweige denn sich dafür selbst in Gefahr bringen, Knox."

Ihre Worte füllten eine innere Leere in ihm. Man hatte ihm schon Medaillen verliehen, doch Nolas ernsthaftes Lob traf ihn tief.

„Danke, dass du zu meiner Rettung geeilt bist, Knox. Vor allem, nachdem du klargemacht hast, dass du meine Gesellschaft nicht wünschst."

Er zwang sie, innezuhalten. „Das habe ich nie gesagt."

Sie blinzelte. „Du hast gesagt –"

„Ich will dich zu sehr. Das ist das Problem." Und im Moment durfte er sich nicht ablenken lassen. Ihre Sicherheit war seine oberste Priorität. Schnell forderte er sie auf, sich wieder zu beeilen. „Na komm."

Bald kam das Backsteingebäude mit dem Schild des Chelsea Markets in Sicht. Er entdeckte den Eingang und lenkte sie dorthin. Sie überquerten die Straße an einem Fußgängerüberweg und reihten sich in die Menschenmenge ein, die auf die Tür zusteuerte.

„Ich liebe diesen Markt", meinte Nola. „Aber ich war ewig nicht mehr hier. Dieser altmodische, industrielle Vibe des Gebäudes ist umwerfend. Früher war es mal eine Keksfabrik. Und das Essen ist auch toll." Ihre natürliche Begeisterung war deutlich zu hören. „Donuts, Schokolade, Hummer, frische Pasta. Egal, was du willst, hier findest du es."

Gab es etwas, das sie nicht voller Leidenschaft

betrachtete? Nola schien eine Frau zu sein, die sich in jedes Abenteuer stürzte.

Knox war das Essen im Moment egal. Er richtete seinen Blick auf die Eingangstür. Sein Ziel war es, Nola reinzubringen.

„*Knox.*" Sie drückte seine Hand fest. „Rechts."

Er sah unberührt dorthin und bemerkte zwei Typen. Sie waren groß, trugen schwarze Anzüge von der Stange und wirkten fehl am Platz. Die Männer sahen auf ihre Handys und musterten die Umgebung.

Verdammt, wahrscheinlich hatten sie ein Foto von Nola. Er eilte zum Eingang des Markts, öffnete die Tür und zog sie hinein.

Die alten Holzböden waren auf Hochglanz poliert, aber immer noch ein wenig uneben. Alte Metallkonstruktionen und Rohre kreuzten sich offen über ihnen, und die Backsteinwände zogen die Blicke auf sich. Die Geschäfte erstreckten sich in beide Richtungen.

„Wir müssen dort entlang." Nola zeigte in eine Richtung, dann erstarrte sie. „Sie sind drinnen", flüsterte sie.

Knox drehte sich um und blockierte sie mit seinem Körper. Die beiden Anzugträger waren ebenfalls eingetreten und kamen immer näher.

„Lach", befahl er.

„Was?" Sie sah ihn fragend an.

„Lach. Lach, als ob dich nichts in der Welt belastet."

Sie leckte sich die Lippen und kicherte. Dann senkte Knox seinen Kopf und küsste sie.

Tatsächlich versuchte er, ein Auge auf die Männer zu werfen, aber ihr Mund schmeckte verdammt süß. Er küsste ihre weichen Lippen und ließ zu, dass sie ihn berührte. Als ihre Zunge über seine streichelte, stöhnte er auf. Sanft legte er seine Hände auf ihren Hintern und zog sie näher zu sich.

Wenig später wich er widerwillig zurück. Die Männer waren an ihnen vorbeigezogen und in der Menge der Einkäufer vor ihnen verschwunden. Knox' Lippen kribbelten immer noch. Als er zu Nola hinuntersah, brachte ihr Blick ihn völlig außer Fassung.

„Nola, sieh mich nicht so an."

Sie legte eine Hand auf ihre Lippen. „Du kannst mich nicht so küssen und dann erwarten, dass ich das nicht tue."

Er fuhr mit seinem Daumen über ihre Wange. „Später werde ich dich noch mal küssen. Wenn du in Sicherheit bist."

„Versprochen?"

„Versprochen." Er packte ihre Hand. „Komm. Wir müssen hier raus." Sie eilten an mehreren Essensständen vorbei.

Knox warf einen kurzen Blick auf die Stapel frischer Nudeln, große Käselaibe und Krabbenbeine auf Eis. Was auch immer man mochte, man konnte es hier wahrscheinlich finden. Seine Augen sahen wieder konzentriert nach vorn.

Wir müssen zum anderen Ende des Marktes. Wir müssen hier raus und zum sicheren Unterschlupf.

Ein weiteres Paar Russen kam in Sicht und sprach die anderen beiden, die sie eben gesehen hatten, an. Jetzt unterhielten sich alle vier miteinander.

Verdammt!

Er zerrte Nola vorwärts und ging dicht an die Stände heran. Zolotov wollte sie unbedingt ausschalten.

Nun, das Arschloch würde sie nicht bekommen.

Plötzlich schaute einer der Typen auf, und sein Blick fiel auf Nola. Er runzelte die Stirn, dann warf er einen Blick auf das Handy in seiner Hand, bevor er erneut aufsah.

Knox' Schultern spannten sich an. Als der Mann sein Handy sinken ließ, entspannte er sich ein wenig.

Doch dann starrte der Mann Nola erneut an, und seine Augen fielen wieder auf das Display seines Handys. Er drehte sich um und stieß einen seiner Kollegen mit dem Ellbogen an.

Erwischt.

„Lauf", sagte Knox eindringlich.

Nola widersprach nicht, sondern rannte sofort los.

Er folgte ihr, drehte sich zur Seite und stieß einen Ständer mit Grußkarten um. Die Karten verstreuten sich auf dem Boden, und er hörte jemanden hinter sich rufen.

„Weiter!", rief er.

Sie bogen um eine Ecke und drängten sich durch eine kleine Gruppe von Menschen. Er sah den Ausgang direkt vor sich.

Plötzlich stürmte ein Mann im Anzug auf sie zu und stürzte sich auf sie.

Knox hob einen Fuß und verpasste dem Mann einen Tritt. Mit einem Knurren versuchte der Mann, sein Gleichgewicht zu halten, und sprang auf Knox zu.

Knox schwang seinen Arm und schlug seinem Angreifer eine Faust gegen den Kiefer, bevor er weitere Schläge auf seinen Brustkorb einprasseln ließ. Der Kerl stöhnte und sah benommen aus. Knox' nächster Tritt sorgte dafür, dass er gegen ein paar Tische und Stühle krachte, die vor einem Laden standen.

Die Leute schrien und liefen auseinander.

Knox packte Nolas Arm und eilte mit ihr durch das Chaos. Er stieß die Tür auf und schleifte sie nach draußen. Sie sprinteten den Bürgersteig hinunter, bevor er sie über die Straße zog. Dabei wich er den Autos aus, doch eins hupte sie dennoch an.

„Runter." Er zerrte sie hinter ein paar geparkten Autos zu Boden.

Nola schnappte nach Luft. Knox strich ihr mit der Hand über den Rücken und hob dann den Kopf so weit an, dass er durch die Fenster des Autos sehen konnte. Auf der anderen Straßenseite sah er mehrere von Zolotovs Schlägern, die vor dem Markt herumliefen und den Bürgersteig absuchten.

Die Männer brachen ihre Suche schnell ab und teilten sich in verschiedene Richtungen auf, überquerten die Straße jedoch nicht.

„Bleib unten." Knox zog sie hinter sich her, und sie eilten zur nächsten Ecke, um in die angrenzende Straße abzubiegen.

Sie waren jetzt außer Sichtweite des Markts. Er richtete sich auf. „Geh einfach in einem gleichmäßigen Tempo weiter." Er schlang einen Arm um ihre Schultern.

„Mein Gehirn sagt: *Lauf*", sagte sie. „*Schnell*."

„Nur noch ein Häuserblock, dann sind wir am Unterschlupf. Du machst das toll."

„Nun, ich brauche einen Drink. Einen großen."

Er drückte sie fester an sich. „Das lässt sich einrichten, Elfe."

―――――

OKAY, das hatte sie von einem Unterschlupf von Sentinel Security *nicht* erwartet.

Nolas Puls hämmerte immer noch wild in ihren Adern, als Knox sie in das Wohngebäude zerrte.

Es war nicht wirklich schön.

Der kleine Eingangsbereich war dreckig und roch nach altem Rauch. Irgendwo heulte ein Baby, und sie konnte einen sehr lauten Fernseher hören.

„Das hier ist ..."

„Sicher." Er führte sie schnell die Stufen hinauf.

In der nächsten Etage hielt er vor einer dunklen Holztür inne und schloss sie auf.

„Wo hast du den Schlüssel her?", fragte sie.

„Er war in der Tasche, die Devyn für uns hinterlassen hat." Die Tür öffnete sich.

Sie traten in einen kleinen, leeren Flur. Der Boden war mit hässlichem, fleckigem Linoleum bedeckt. Nola rümpfte die Nase. Von Killian hatte sie wirklich mehr erwartet.

Vor ihnen befand sich eine zweite Tür, aber im Gegensatz zur ersten hatte diese ein schickes Tastaturschloss.

Knox tippte einen Code ein, und das Schloss piepte. Die Tür schwang auf.

Nola trat ein, und ihr stand der Mund offen. „Oh, das ist schon besser."

Es war wie eine kleine Oase inmitten des schmudde-
ligen Chaos.

Die Wohnung war ein geräumiges Studio. Es gab eine
kleine, moderne Küchenzeile, die an der Seitenwand
entlanglief, die sich zu einem Wohnbereich mit einem
großen Bett an einer Seite öffnete. Die Wände waren strahlend weiß, und die Wohnung wirkte sauber und modern.

Als Knox die Tür abschloss, stellte sie fest, dass die
Wohnung schallisoliert war. Sie konnte das weinende
Baby und den Fernseher nicht mehr hören.

„Ich hatte keine Ahnung, dass sich so eine hübsche
Wohnung in diesem Gebäude befindet."

Knox nahm seine Handfeuerwaffe heraus und legte
sie auf den Couchtisch. „Ich glaube, das ist der Punkt."
Er zog die Mütze und seine Jacke aus. „Killian sagte mir,
dass auch die Fenster mit einer Schutzfolie überzogen
sind. Keiner kann hineinsehen."

Sie war in Sicherheit. Seufzend verschränkte sie die
Arme vor der Brust.

„Nola?"

Sie winkte mit einer Hand ab. „Mir gehts gut. Wir
sind in Sicherheit." Sie lächelte ihn an. „Wir haben es
geschafft."

Er nickte. „Haben wir." Dann schritt er zu einer
Tafel in der Wand neben der Eingangstür. Sie hatte sie
bisher nicht bemerkt.

Er wischte darüber und tippte darauf herum.

„Was ist das?" Sie lehnte sich gegen ihn, um einen
Blick darauf zu werfen.

„Das Haus ist mit einem umfangreichen Sicherheitssystem ausgestattet." Er drückte einen Knopf. „Der Alarm ist aktiviert, und Killian hat das Haus verkabelt. Schau mal."

Mehrere Bilder erschienen auf dem Bildschirm. Sie zeigten die Vorderseite des Gebäudes, den Eingang, das Treppenhaus und die Wohnungstür.

Die Anspannung fiel von ihr ab, doch sie zitterte noch leicht.

Seitdem sie gesehen hatte, wie der Mann erschossen worden war, stand sie unter dem höchsten Adrenalinschub, den sie je erlebt hatte.

Jetzt war sie in Sicherheit.

Dank Knox.

„Ich wäre tot, wenn du nicht wärst", sagte sie leise.

„Hey." Er berührte ihren Kiefer. „Du hast das gut gemacht, Nola. Du hast nie die Nerven verloren, sondern dich zusammengerissen."

„Knox? Nola?"

Die angespannte Frauenstimme ließ Nola blinzeln. Sie warf einen Blick auf den Bildschirm und sah die Gesichter von Killian und Hex.

„Du hast es geschafft, Knox." Hex strahlte. „Du hast sie in Sicherheit gebracht."

„Nola, wie gehts dir?", fragte Killian.

„Nun, es ging mir schon besser."

„Hübsche Perücke", meinte Hex.

„Sie juckt furchtbar." Nola zog sie aus und rieb sich den Kopf. „Aber sie hat geholfen."

Ein schmales Lächeln erschien auf Killians Lippen. „Wir sind froh, dass es dir gut geht."

Sie lehnte sich vor. „Hast du schon von Nick gehört? Wie gehts Lainie?"

„Lainie gehts gut. Sie ruht sich zu Hause aus", erzählte Hex. „Nick ist bei ihr. Wahrscheinlich bemuttert er sie total und treibt sie in den Wahnsinn. Offensichtlich hat sie sich nur überanstrengt. Mit ihr und dem Baby ist alles in Ordnung."

Nola atmete erleichtert aus. „Zum Glück." Dann kam ihr plötzlich ein schrecklicher Gedanke. „Hex, der Pförtner vom High Line Tower wurde angeschossen. Ich musste ihn bei einigen Passanten lassen, als ich weggelaufen bin. Sein Name ist George –"

„Ich habe schon die Bestätigung, dass alles okay ist." Hex lächelte. „Er wurde behandelt und entlassen."

Nola legte ihre Hände auf ihre Wangen. „Gut. Sehr gut."

„Jetzt musst du dich auf deine eigene Sicherheit konzentrieren", mischte sich Killian ein. „Der Kühlschrank ist gefüllt. Ihr zwei solltet euch ausruhen und eure Kräfte sammeln." Sein Gesichtsausdruck wurde ernst. „Nola, wenn du morgen bei Sentinel Security ankommst, wirst du eine Aussage über alles, was du gesehen hast, bei der Polizei abgeben müssen. Zolotov ist ein schlimmer Finger. Du kannst dabei helfen, ihn wegzusperren."

Sie umklammerte die Perücke. „Natürlich."

„Du wirst als Zeugin aussagen müssen."

Sie hob ihr Kinn. „Das schaffe ich."

„Gut." Killian nickte. „Falls es Probleme gibt, ruft an. Ruht euch jetzt aus und haltet euch bedeckt. Morgen werden wir euch ins Büro bringen."

Knox sah ihn an. „Danke, Killian."

„Nein, ich danke dir, Knox. Nola gehört zur Familie, und du hast für ihre Sicherheit gesorgt. Das bedeutet uns allen sehr viel." Killian nickte erneut, und der Anruf endete.

Gott, sie war endlich in Sicherheit.

Erst jetzt konnte Nola das wirklich verarbeiten.

Sie trat wieder ins Wohnzimmer, legte die Perücke auf den Couchtisch und warf die Arme hoch. „Wir haben es geschafft!" Sie wirbelte herum und sah, dass Knox sie anlächelte. „Ich brauche jetzt *echt* einen Drink."

„Ich sehe nach, was wir dahaben." Er rollte seine Ärmel hoch und gab dabei den Blick auf viele beeindruckende Muskeln und interessante Tattoos preis. Der weiße Stoff leuchtete hell, im Kontrast zu seiner gebräunten Haut.

Hitze breitete sich in ihrem Inneren aus.

Er öffnete ein paar Küchenschränke und nahm dann eine Flasche Gin heraus. Danach drehte er sich zum Kühlschrank und öffnete ihn.

„Wie wäre es mit einem Gin Tonic?" Er lehnte sich zum Kühlschrank. „Ich kann keine schicken Cocktails mixen. Sorry."

Nola lachte. „Ich habe dich auch nicht für einen Cocktailtrinker gehalten. Gin Tonic klingt perfekt."

Knox fand ein wenig Eis und mixte ihr den Drink. Mit einem Lächeln nahm sie das Glas entgegen, ließ sich auf die graue Couch fallen und trank einen Schluck. „Prost! Darauf, am Leben zu sein."

Er setzte sich in den Ohrensessel neben der Couch. „Das ist ein guter Trinkspruch."

„Irgendwie ändert das den eigenen Blickwinkel." Nola schüttelte den Kopf. „Ich muss an all die Dinge denken, die ich noch nicht getan habe. Orte, die ich noch nicht gesehen habe." Sie trank einen großen Schluck. „Ich will leben."

„Und das wirst du auch. *Niemand* wird dir wehtun."

Dann leerte sie ihr Glas. „Und ich will wirklich, *wirklich* duschen. Ich kann die Bakterien an meinen Füßen spüren."

Knox' Mundwinkel hoben sich. „Das Bad gehört ganz dir."

Schnell stellte sie das Glas auf den Tisch. „Meine Sicherheit war das Wichtigste, aber das Zweitwichtigste ist ein Bad für meine Füße."

Sein Lachen war ein leises Grummeln. Es gefiel ihr. Sehr sogar.

Das Badezimmer war genauso elegant wie der Rest der Wohnung. Es war nicht groß, aber wer auch immer es entworfen hatte, hatte gute Arbeit geleistet. Es gab keine Badewanne, nur eine geräumige, begehbare Dusche, eine Toilette und einen frei stehenden Waschtisch. Die Fliesen auf dem Boden waren im stilvollen Schwarz-Weiß gehalten, während die in der Dusche mit einer interessanten weißen Riffelung versehen waren.

Nola zog ihre geliehenen Schuhe aus und entledigte sich ihrer Kleidung. Als sie unter die heiße Brause trat, stöhnte sie auf.

Sie wusch ihr Haar zweimal und ihre Füße viermal,

denn sie dachte, dass sie nach dieser dreckigen Gasse nicht vorsichtig genug sein konnte. Ein paar Mal kam ihr der Gedanke an den armen Mann, der hingerichtet worden war, in den Sinn, aber sie verdrängte ihn wieder. *Später*. Damit würde sie sich später befassen.

Als sie sich endlich sauber fühlte, stieg sie aus der Dusche und trocknete sich ab. Im Spiegel sah sie die leichte Schwellung um ihr linkes Auge und ihre Wange, wo sie gegen den Müllcontainer gestoßen war. Sie tastete sie ab und zog eine Grimasse. Es war nicht allzu schlimm.

Nola wickelte eines der dicken, weißen Handtücher um sich und verließ das Bad. Dabei fragte sie sich, ob hier auch irgendwo Ersatzkleidung versteckt war.

Als sie einen Blick in den offenen Wohnbereich warf, erstarrte sie.

Knox saß ohne Hemd auf der Couch. Er tastete einen Bereich an seinen Rippen ab, aber ihr Gehirn setzte einfach aus, und alles, was sie sehen konnte, war seine breite, durchtrainierte Brust.

Seine Schultern und sein Oberkörper bestanden aus schweren Muskelpaketen. Und Tattoos. Tattoos, die sie gern im Detail erkunden würde. Auf seiner Brust sah sie ein paar schwarze Haare, die mit Grau durchzogen waren.

Und Gott, diese Bauchmuskeln. Er hatte eine Menge Bauchmuskeln. Knox war besser in Form als viele jüngere Männer, mit denen sie ausgegangen war.

Er schaute auf, dann wurden seine Augen schmaler. Sein Blick wanderte langsam an ihrem Körper herunter und dann wieder nach oben.

„Wie war die Dusche?", fragte er.

„Exzellent. Meine Füße sind wieder sauber." Sie deutete auf ihre Zehen.

Er klopfte auf die Couch neben sich. „Komm her. Ich will mir dein Gesicht ansehen."

Sie ging hinüber und setzte sich neben ihn. Da erkannte sie, dass sich auf seinen Rippen Blutergüsse bildeten. „Bist du verletzt?"

„Hab nur einen Schlag abbekommen, nichts Tragisches. Ich hatte schon viel schlimmere Verletzungen." Seine Lippen zuckten. „Ich heile nur nicht mehr so schnell wie früher." Er streckte seine Hand aus und strich sanft über ihr Gesicht.

„Das ist auch nicht so schlimm. Na ja, ich hatte noch nie einen Bluterguss im Gesicht, aber ich glaube, ich bekomme zumindest kein blaues Auge."

„Eis hilft." Schnell streckte er die Hand zum Couchtisch aus, und sie sah, dass dort zwei Kühlbeutel lagen. Knox nahm einen und drückte ihn an die geschwollene Seite ihres Gesichts.

Nola schnappte sich den anderen und drückte ihn gegen seine geprellte Haut.

Sie saßen eng beieinander, ihre Beine berührten sich. Knox war hier, groß und stark. Er hatte für sie gekämpft.

Sie beschützt.

Er hatte sich für sie in Gefahr begeben.

Ja, eines Tages wollte Nola die große Liebe erleben, heiraten und Kinder bekommen, aber der heutige Tag hatte ihr gezeigt, dass nichts davon garantiert war.

Das Leben konnte sich mit nur einem Wimpernschlag verändern.

Was sie jetzt wollte, war Knox.

Sie wollte ihm nahe sein, ihn erforschen, mit ihm zusammen Lust empfinden.

Nola schob ein Bein auf der Couch nach oben, zog das Handtuch höher und entblößte so mehr von ihren Schenkeln.

Er hob eine Augenbraue.

„Ich habe dank heute erkannt, wie wichtig es ist, zu leben. Jeden Moment zu nutzen." Sie hob ihr Kinn. „Ich will dich."

Etwas leuchtete in seinen Augen auf. „Nola –"

„Der Altersunterschied ist mir egal. Und die Vorstellung, eines Tages zu heiraten, auch. Gegenwärtig will ich einfach nur dich. Ich will deine Hände auf meinem Körper spüren." Nervosität und Leidenschaft kämpften in ihrem Inneren um die Vorherrschaft.

Er hielt den Kühlbeutel weiter auf ihr Gesicht gedrückt, aber sie konnte sehen, wie seine andere Hand in seinem Schoß zur Faust geballt wurde.

„Du hast heute eine ziemlich furchteinflößende Situation erlebt", erwiderte er vorsichtig.

Sie lachte schief. „So kann man es auch sagen." Langsam rutschte sie näher, als ob sie von ihm angezogen würde. „Falls du denkst, dass mein Urteilsvermögen dadurch eingeschränkt ist, vergiss es. Wenn überhaupt, sehe ich die Dinge klarer. Ich wollte dich letzte Nacht, und ich will dich jetzt." Sie sah ihn entschlossen an. „Und ich glaube, du willst mich auch."

„Du machst es mir verdammt schwer, Nein zu sagen", knurrte er.

„Dann sag Ja. Tu, was du willst. Nimm dir, was du willst."

Ein Muskel in seinem Kiefer zuckte. Das Verlangen stand ihm in sein raues Gesicht geschrieben. „Bist du sicher, dass du dafür bereit bist, Elfe?"

„Ja." Sie berührte die Stelle, an der sie das Handtuch um sich gebunden hatte, und ließ es von ihrem Körper in ihren Schoß gleiten.

Sein Blick fiel auf ihre nackten Brüste. „Du bist so verdammt hübsch."

Er nahm die Kühlbeutel und warf sie zur Seite. Danach legte er seine Hände auf ihre Brüste.

Eine war eisig kalt, und sie schnappte scharf nach Luft. Knox spielte mit ihren Brüsten und rieb dann mit seinen Daumen über ihre Nippel.

Bei dem Gefühl stöhnte sie auf. „Mein Herz schlägt so schnell."

„Das kann ich spüren." Er ließ sich Zeit dabei, sie zu streicheln, bis ihre Brustwarzen hart wurden.

Erregt bewegte sie sich hin und her, bis das Handtuch weiter verrutschte. Sie wusste, dass er sehen konnte, dass sie nackt war.

Knox stieß ein Knurren aus und setzte sich aufrecht. In der nächsten Sekunde hob er sie von der Couch, und sie war in seinen Armen.

Sein Mund eroberte ihren. Der Kuss war heiß und animalisch, erfüllt von einer Leidenschaft, die sie aufstöhnen ließ. Nola drückte sich an ihn und spürte, wie sich seine warme Haut gegen ihre presste. Sie erwiderte den Kuss. Seine Zunge tauchte tiefer in ihren Mund und sie spielte mit ihr.

Vorsichtig ging er mit ihr in seinen Armen vorwärts, bis ihre Schultern gegen die Wand stießen. Schnell schlang sie ihre Beine um seine Hüften.

In diesem Moment gab es nichts, was Nola mehr wollte als Knox Holman.

KAPITEL SIEBEN

Herr im Himmel. Knox neigte den Kopf und küsste Nola heftiger.

Sie war eine kleine, kurvige Versuchung. Eine kurvige, nackte Versuchung. Er krallte seine Hände in die glatte Haut ihres Hinterns.

Knox wollte sie. Und zwar verdammt dringend.

Sein Schwanz war schmerzhaft hart. In diesem Moment war es ihm egal, mit wem sie verwandt war. Das hier fühlte sich nicht falsch an. Im Gegenteil, *sie* fühlte sich richtig an.

Sie fühlte sich wie *Seine* an.

„*Knox*", stieß sie atemlos aus, und ihre Stimme klang voller Verlangen. Ihr Mund strich über seinen Kiefer.

„Ich will dich, Elfe. Mehr, als du ahnst. Ich will dich ficken, bis sich keiner von uns mehr bewegen kann."

Ihre Beine drückten sich fester um ihn. „*Ja*. Das will ich auch."

Er fuhr mit seiner Hand nach oben und berührte ihre Brüste.

Nolas Augen strahlten vor heißer Lust. „Du bist alles, woran ich seit gestern Abend denken kann."

Knox sehnte sich so sehr nach ihr, dass er schon befürchtete, außer Kontrolle zu geraten.

Er war nicht sicher, ob ihm das gefiel, aber Nola gefiel ihm. Tatsächlich liebte er es, wie sie sich anfühlte.

„Als ich gehört habe, dass du in Gefahr bist ... musste ich einfach zu dir. Wenn jemand Hand an dich gelegt hätte, an die Frau, die mir gehört, hätte ich denjenigen umgebracht."

Er konnte hören, wie sie scharf einatmete. Ihre blauen Augen strahlten. „Die dir gehört?"

„Ja. Seit dem Kuss gestern Abend."

Schnell eroberte er ihren Mund mit seinem. Ihre geschmeidigen Lippen trafen auf seine und öffneten sich für ihn. Er ließ seine Zunge in ihren Mund gleiten. Das Gefühl und der Geschmack von ihr trafen ihn mit voller Wucht. Stöhnend drückte sie sich gegen ihn.

Knox drehte sich um und trug sie quer durch den Raum. Er war dankbar, dass das Bett in der Nähe war und er nicht weit gehen musste. Sanft legte er sie auf den Rücken und betrachtete ihren Körper.

„Herrgott, du bist umwerfend." Schlanke Beine, kurvige Hüften, eine Wespentaille und unglaublich schöne Brüste.

Ohne jede Scham lag sie da und ließ zu, dass er sie betrachtete.

„Ich werde dafür sorgen, dass du dich gut fühlst, Nola."

Sie wackelte mit den Beinen. „Das wäre schön."

Knox legte jeweils eine Hand neben ihren Hüften

auf das Bett. „Bist du bereit, meinen Namen zu schreien?"

„*Ja.*"

Er stöhnte. „Man sehe sich diese hübsche Pussy an." Vorsichtig spreizte er ihre Beine und streichelte sie. Kein einziges Haar war zu sehen. Seine Hand fand ihre Pussy, und er fuhr mit seinen Fingern durch ihre nassen Schamlippen. „Du bist ja schon feucht."

„Für dich."

„Für meinen Schwanz bist du auch schon bereit, oder?"

Sie nickte, und ihre Wangen erröteten.

„Meine gute, geile Elfe." Jetzt spreizte er ihre Beine noch weiter, und der verlockende Duft ihrer Erregung schlug ihm entgegen. Dann fand er ihren Kitzler und rieb ihn. Er war geschwollen und prall.

Sie bewegte sich unruhig auf der Decke und drängte sich seiner Berührung entgegen.

„Wo ist dein Tattoo?", fragte er. „Ich will das schon unbedingt wissen, seit du es mir erzählt hast."

Ihre Lippen öffneten sich. „Auf meinem Hintern."

Mit einem Knurren drehte er sie um.

Dieser Arsch. Perfekt geformt. Dann sah er die schwarze Tinte auf ihrer linken Arschbacke – eine Magnolie.

„Hübsch und sexy." Er fuhr mit einem Finger die zarten Linien der Tätowierung nach und hörte sie aufstöhnen. Verdammt, er war so hart wie Stahl. Vorsichtig legte er seinen Körper auf ihrem ab, dann knabberte er an ihrem Ohr. Sie drückte ihren nackten Hintern gegen ihn und rieb sich an ihm.

„Meine leidenschaftliche, kleine Elfe." Langsam ließ er seine Lippen ihren Rücken hinunterwandern, bis er ihren Hintern erreichte. Zuerst gab er ihr ein Kuss auf ihr Tattoo, dann biss er in ihre weiche Pobacke.

Nola gab heisere, kleine Laute von sich, die er wunderschön fand. Er wollte mehr von ihnen hören.

Knox ließ seine Finger tiefer gleiten und vergrub einen in ihr. Sie stieß ein langes Stöhnen aus und hatte keine Angst zu zeigen, wie sehr sie das wollte, wie sehr sie ihn wollte. Dann zog er sich zurück, um dann zwei in sie hineinzuschieben. Verdammt, sie war wirklich eng.

Sofort drückte sie sich nach oben und richtete sich auf den Knien auf.

Er stöhnte. „Spreize dich weit für mich, Elfe. Ich muss dich unbedingt schmecken." Anschließend packte er ihre Arschbacken und vergrub sein Gesicht zwischen ihnen, seinen Mund direkt an ihrer Pussy.

Sie schrie auf und stemmte sich gegen seine Zunge.

„Halt still", knurrte er. „Ich werde diese hübsche Pussy lecken, bis du so richtig nass bist und bettelst."

„Von mir aus gern", keuchte sie.

Als er sie leckte, wimmerte sie. Knox schob seine Finger in sie hinein und klatschte dann auf eine Arschbacke. Während er lutschte und saugte, drang er mit seinem Finger immer tiefer in sie ein.

Ihr kleiner Körper zitterte, während sein Schwanz so hart war, dass er glaubte, er würde seine Jeans platzen lassen. Er spürte, wie sich ihre Pussy an seinen Fingern zusammenzog, dann versteifte sie sich.

„Knox ... *Gott* ..." Ihr Stöhnen verwandelte sich in einen Schrei.

Er schob seine Zunge tief hinein und leckte sie, während er ihren Kitzler massierte. Zu hören und zu spüren, wie sie kam, war eines der besten Dinge, die er je erlebt hatte.

Sie sackte schlaff und keuchend nach vorn aufs Bett. Knox drückte ihr einen Kuss auf die Oberseite ihres Hinterns, genau dort, wo sie ein süßes kleines Grübchen hatte, und ließ dann seine Finger ihre Tätowierung nachzeichnen.

„Ich mag dein Tattoo."

Sie stieß ein leises Lachen aus. „Das habe ich gemerkt."

„Du bist verdammt hübsch, Nola. Fühlst du dich gut?" Sanft drückte er ihr einen Kuss auf ihr Schulterblatt.

Langsam drehte sie ihren Kopf und sah ihn an. „Ja. Unglaublich gut."

Er strich mit seinen Fingern durch ihre feuchten Schamlippen und ließ sie dann über ihren Kitzler gleiten. Sie erbebte. „Gut. Denn jetzt wirst du ein weiteres Mal für mich kommen."

Ihre Augen wurden groß. „Knox, ich weiß nicht, ob ich das kann ..."

„Lass es uns herausfinden."

***

WOW.

Nola rollte sich auf den Rücken und zog die Luft ein. Sie war gerade wieder gekommen. Der Beste. Orgasmus. Aller. Zeiten.

Sie hatte von der ersten Sekunde an gewusst, als sie Knox in seiner ganzen Silberfuchs-Pracht gesehen hatte, dass es so sein würde. Dass er genau wissen würde, wie man eine Frau befriedigte.

Er erhob sich und sah sehr selbstzufrieden aus. Seine Lippen glitzerten von ihrer Lust.

Genussvoll ließ sie ihren Blick über ihn gleiten. Es wurde Zeit, dass sie selbst ein wenig Spaß hatte. Sie stützte sich auf ihren Ellbogen ab.

„Zieh deine Jeans aus, Knox."

Er begann, seine Jeans aufzuknöpfen, und sie sah, wie sich die Muskeln in seinen Armen und seinem ganzen Oberkörper anspannten. Sein Blick war auf sie gerichtet, aber sie war zu sehr damit beschäftigt, ihn zu mustern.

Lecker.

Er öffnete seine Jeans, und ihr lief das Wasser im Mund zusammen. Dann entledigte er sich in einem Zug sowohl der Jeans als auch der Boxershorts.

Von seinem Anblick überwältigt begann Nola wieder, zu keuchen.

„Hast du Hunger, Elfe?" Seine Stimme war tief und leise.

„O ja" Sein Schwanz war genauso beeindruckend wie der Rest von ihm – dick, geschwollen, schön.

Knox streckte seine Hand aus und hob sie hoch, als ob sie nichts wöge. Anschließend setzte er sich, lehnte sich mit dem Rücken gegen die Kissen und das Kopfteil und senkte Nola auf sich herab, sodass sie seine Hüften umschloss.

Dann umfasste er ihr Gesicht und küsste sie.

Jede Empfindung schien verstärkt – das Kratzen seiner Bartstoppeln, das Gefühl seiner starken Finger, die sie umklammerten, das kräftige Eintauchen seiner Zunge.

Sie umklammerte seine Schultern und erwiderte den Kuss mit all dem Verlangen, das in ihr brodelte.

Der Kuss war hart, innig und feucht. Ein Kuss, der sich anfühlte, als wäre er von Bedeutung. Er war nicht nur ein Vorspiel für heißen Sex. Nein, Knox küsste sie, als ob er sie wie die Luft zum Atmen brauchte.

Knox zog sich zurück und griff nach ihrem Kinn. „Nola, wenn wir das tun ..., wenn ich in dich eindringe, dann gehörst du mir. Einmal wird nicht genug sein."

„Für mich auch nicht." Ihr Puls beschleunigte sich, und sie rieb sich an ihm. An all seinen harten Muskeln.

„Scheiße, Nola, ich will dir nicht wehtun."

Sie lehnte sich näher zu ihm und drückte ihre Stirn an seine. „Ich bin genau hier, Knox, bereit und willig. Würdest du mich jetzt bitte ficken?"

„Mit Vergnügen, Elfe, aber zuerst möchte ich deine Titten mit meinem Mund verwöhnen."

Er beugte sich zu ihren Brüsten, und sein Bart kratzte an ihrer Haut. Gierig saugte er an einem ihrer Nippel, und sie schaukelte gegen ihn. Kleine Schreie entkamen ihr. Nola spürte seinen großen, harten Schwanz unter sich.

„*Knox.*"

„Ich weiß, Elfe. Du bekommst, was du willst." Er wechselte zur anderen Brust, leckte und saugte, bis sie keuchte.

Gerade als sie dachte, sie würde implodieren, griff er nach dem Nachttisch und holte seine Brieftasche. Er zog ein Kondom heraus, riss die Packung auf und stupste Nola sanft zurück. Sein großer Schwanz war genau zwischen ihnen. Sie biss sich auf die Lippe. So hart, so dick.

Nola wollte ihn unbedingt mit ihrem Mund berühren, aber ihre Hände würden für den Moment reichen müssen.

„Lass mich das machen." Sie nahm ihm das Kondom ab, umkreiste seinen breiten Umfang und wartete, bis seine Hüften zuckten. Die ersten Lusttropfen liefen aus seiner Eichel, und sie rieb mit den Fingern darüber. Sein Schwanz pulsierte in ihrer Hand, und sie sah, wie sich die Muskeln in seinem Bauch anspannten. Dann rollte sie das Kondom schnell auf.

Sie sehnte sich danach, ihn in sich zu spüren.

„Ich brauche dich." Er packte ihre Hüften und hob sie an, um sie dort zu positionieren, wo er sie haben wollte.

„Ich liebe es, wenn du das tust", hauchte sie. „Mich hochheben, als würde ich nichts wiegen."

„Das tust du auch, im Vergleich zu mir." Er legte eine Hand um seinen Schwanz und stieß ihn zwischen ihre Beine.

Ein Stöhnen entkam ihr.

„Du bist klein, Elfe. Du wirst dich anstrengen müssen, um mich ganz aufzunehmen."

Sie spürte das Verlangen zwischen ihren Beinen. „Das schaffe ich, mein großer Silberfuchs."

Knox knurrte, und sie senkte ihre Hüften, um ihn Zentimeter für Zentimeter in sich aufzunehmen.

Sie stöhnten beide auf.

„Genau so, Nola."

O scheiße. Schnell umklammerte sie seine Schultern, und ihre Finger gruben sich in seine starken Muskeln. Er dehnte sie, aber sie wollte mehr. Sie wackelte mit den Hüften und sank tiefer, nahm mehr von ihm auf.

„Fast fertig, Elfe." Seine Stimme war ein Knurren.

„So gut. So unfassbar gut." Nola ließ sich weiter nach unten sinken und spürte ihn tief in sich. Sie wimmerte.

„Fick mich", stöhnte Knox mit tiefer, rauer und heiserer Stimme.

„Ich liebe es, dich in mir zu spüren." Ihre Hüften kreisten in einem leidenschaftlichen Rhythmus.

Seine Hände umklammerten sie und trieben sie an. „Deine süße Pussy hat mich fest im Griff."

Nola neigte ihre Hüften, sodass jeder Stoß ihren Kitzler traf. Sie bewegte sich schneller, keuchte und presste sich gegen ihn.

Er packte ihren Hintern und bewegte sie auf seinem großen Schwanz. Bald fühlte sie sich heiß, besinnungslos und wild vor Verlangen. Alles in ihr spannte sich an, und ihre Haut errötete. Lust blühte in ihr auf, scharf und intensiv.

„Knox, o Gott. Ich werde kommen."

„Wir kommen zusammen." Er stemmte sich hoch und drehte sie auf den Rücken. Schnell schob er ihre Beine auf seine Schultern und beugte sich vor, um wieder in sie einzudringen.

Sie schrie auf, und ihre Hände umklammerten die Laken. „Ja!"

„Du magst es hart", stellte er fest, während er sich in ihr bewegte. Seine Hüften klatschten gegen ihre.

„Ja. *Mehr*."

Er erhöhte das Tempo, und sein großer Schwanz hämmerte in sie. Nola umklammerte seine Arme und kratzte ihn. Ihre Hüften waren angehoben, um seinen schweren Stößen entgegenzukommen.

Die Lust wuchs weiter und brodelte heiß in ihrem Bauch. Diese Intensität war ein wenig beängstigend. Für sie war ein Orgasmus immer ein lustvoller, leichter Höhepunkt gewesen. Kein seelisch durchdringendes Gefühl, das sie zu zerreißen drohte.

Sie umklammerte ihn fester. Seine Haut war schweißbedeckt, seine Muskeln angespannt.

„Knox ..." Sie gab einen klagenden Laut von sich.

„Komm, Elfe."

Sein nächster Stoß war noch härter, und sie zerbrach.

Jede Sorge wurde von einer Flut reiner Lust weggespült. Nola schrie seinen Namen und fühlte sich durch den Rausch leicht benommen.

Langsam öffnete sie ihre Augen.

Knox' Blick war auf ihr Gesicht gerichtet.

„Du bist wunderschön, wenn du kommst", erklärte er.

„Jetzt komm für mich", forderte sie.

Seine nächsten Stöße waren noch härter und wilder.

Sie starrte in sein markantes Gesicht, zu den angespannten Muskeln in seinem Hals und seinen Schultern.

Plötzlich, mit einem letzten Stoß, kam er ebenfalls, und ein tiefes Stöhnen entglitt ihm.

Gott, er war hinreißend. Sie sah ihm zu, als er in ihr kam.

Schließlich ließ er sich neben sie aufs Bett fallen und drückte ihr einen Kuss auf den Hals. Sein warmer Atem strich über ihre Haut.

„Einmal wird definitiv nicht genug sein, Elfe."

KAPITEL ACHT

Nola ließ ihren Mund mit einem Plopp von Knox' Schwanz gleiten. Sie setzte sich auf, leckte sich über die geschwollenen Lippen und lächelte ihn an. „Hungrig?"

Sie war gerade damit fertig geworden, seinen Schwanz zu lutschen, und er war noch nicht wieder zu Kräften gekommen.

„Vielleicht." In seiner Stimme war immer noch ein leises Knurren zu hören. Sein Körper fühlte sich zu gut an, um sich jetzt zu bewegen.

„Ich sehe mal nach, was es zum Abendessen gibt." Sie hüpfte vom Bett.

Sein Blick wanderte direkt zu ihren Brüsten, die Spuren von seinen Bartstoppeln zeigten.

Dann beugte sie sich vor und gab den Blick auf ihren runden Hintern frei, und er schluckte ein Stöhnen hinunter. Er beobachtete, wie sie sein Hemd anzog. Es war zwar zu weit für sie, aber natürlich sah sie darin trotzdem sexy aus.

Nola krempelte die Ärmel hoch und machte nur ein paar Knöpfe zu.

Danach machte sie sich auf den Weg in die Küche. „Oh, der Kühlschrank ist voll." Sie beugte sich vor, um hineinzuschauen.

Knox verschränkte einen Arm unter seinem Kopf. „Das habe ich von Killian auch nicht anders erwartet."

„Er ist schon was Besonderes. Eine Naturgewalt." Sie fing an, Dinge herauszuholen und sie auf einem Teller zu arrangieren. Anschließend öffnete sie einen Schrank und holte weitere Sachen heraus.

„Nick liebt es, für Killian und Sentinel Security zu arbeiten."

Der Gedanke an Nick erweckte Knox' Gewissen. Er hatte gerade die kleine Schwester seines Kollegen gefickt. Auf mehrere verschiedene, schweißtreibende Arten.

Eigentlich müsste er Schuld empfinden, aber wenn er sie ansah, konnte er keine aufbringen. Nola war wie ein frischer Wind.

Ihm wurde klar, wie erstickt er sich gefühlt hatte. Aber in den letzten Stunden, als er ihren Körper erkundet hatte, ihr Lachen und Seufzen gehört und sie vor Vergnügen schreien gesehen hatte, hatte er zum ersten Mal seit langer Zeit wieder tief durchatmen können.

Sie trug zwei Teller herüber und stellte sie auf das zerwühlte Bett. „Bin gleich wieder da."

Knox starrte auf ihre schlanken Beine, als sie leichtfüßig zurück in die Küche hüpfte. In seiner Vorstellung legten sie sich wieder um seine Taille, während er sie hart nahm, oder um seinen Kopf, während er ihre süße Muschi leckte.

Seine Hand ballte sich zur Faust, und sein Schwanz rührte sich. Schon wieder. Er fühlte sich wie ein verdammter Teenager.

Sie kam mit zwei Bierflaschen zurück und reichte ihm eine.

„Ich dachte, du bist der Cocktail-Typ."

„Ich habe nichts gegen ein gelegentliches Bier." Daraufhin setzte sie sich und stieß ihre Flasche mit seiner an. „Auf die Flucht vor der Mafia und auf tolle Orgasmen."

Knox lachte.

Sie strahlte ihn an. „Das solltest du öfter tun."

In ihrer Nähe würde er das wahrscheinlich. Er nippte an seinem Bier und stellte sich ein faules Wochenende mit Nola in seinem Bett vor, wie sie zusammen Frühstück machten, und sie ihm die Sehenswürdigkeiten von New York City zeigte.

Plötzlich erstarrte er.

Ihm wurde klar, dass er nicht nur an Sex dachte. Das war alles, was er in den letzten zwei Jahren gehabt hatte – angenehme, gelegentliche Treffen, nichts Ernstes, nur Sex.

Das hier war *nicht* nur Sex.

Sie stellte ihr Bier ab und steckte sich eine Scheibe Salami in den Mund. Die ganze Zeit über musterte sie ihn.

„Ist das die Stelle, an der du mich warnst?" Nola wölbte eine dunkle Braue. „Sagst du mir jetzt, dass ich nicht zu viel Aufhebens darum machen soll, dass wir einander ausgezogen haben?"

Er legte einen Arm um sie und zog sie zu sich heran. „Ich bin mir immer noch nicht sicher, ob ich der Richtige für dich bin. Ich bin zu alt, zu –"

Sie drückte einen Finger auf seine Lippen. „Du warst derjenige, der mich vorhin zum Schreien gebracht hat. Damit ich mich gut fühle." Ihre Stimme wurde leiser. „Ich habe mich nicht nur gut, sondern sicher gefühlt. So etwas habe ich noch nie empfunden."

Verdammt.

Ihm wurde klar, wie schnell er ihr verfiel, doch er hatte keine Lust, seinen Sturz zu bremsen. Er nahm die Bierflaschen und stellte sie beiseite.

Dann zog er sie auf seinen Schoß. „Du könntest es besser treffen, Nola."

Sie rollte mit den Augen. „Da bin ich anderer Meinung."

„Aber ich werde dich auch nicht gehen lassen."

Ihre Augen weiteten sich.

„Jetzt habe ich dich berührt, war in dir. Ich lasse nicht zu, dass dich jemand anderes anfasst, Nola Newhouse."

Sie leckte sich über die Lippen. „*Okay.*"

Er zog sie an sich und küsste sie.

NOLA STÖHNTE.

Die Fliesen waren kühl an ihrem Rücken, weil Knox sie in der Dusche an die Wand gepresst festhielt.

Wasser floss über sie beide. Sein Mund an ihrem Hals machte sie verrückt. Er hatte eine empfindliche Stelle gefunden, von der sie nicht einmal gewusst hatte, dass sie sie besaß.

Seine gebräunte Haut war nass und schimmerte. Er hatte eine Tätowierung mit einem Adler auf dem Rücken, die sie am liebsten mit ihrer Zunge erkunden wollte. Sie schob ihre Hände in sein nasses Haar.

„Knox." Nola schmiegte sich an ihn und genoss die Reibung.

Er hob den Kopf und presste seinen Mund auf ihren.

Alles an ihm erregte sie.

„Ich brauche dich in mir." Sie biss in sein Ohrläppchen und schlang ihre Beine fester um ihn, um sich an seinem harten Schwanz zu reiben.

„Ich habe keine Kondome mehr", erwiderte er.

Ihr Atem ging stoßweise, und sie leckte sich über die Lippen. „Ich weiß, dass man einen Gesundheitscheck machen muss, um bei Sentinel Security einzusteigen."

Sein Blick traf den ihren. „Eine vollständige medizinische Untersuchung. Ich bin sauber."

„Ich auch. Und ich nehme die Pille. Ich meine, du musst darauf vertrauen, dass das, was ich dir sage, auch wirklich ..."

„Ich vertraue dir, Nola."

Sie schluckte. „Und?"

„Scheiße, ich habe schon seit ... langer Zeit nicht mehr ohne gefickt." Sein Schwanz drückte gegen ihre Schamlippen.

Während sie sich an ihm rieb, ließ sie eine Hand

zwischen ihre Körper gleiten. Dann ergriff sie seinen Schwanz und streichelte ihn.

Das Geräusch, das Knox von sich gab, war teils ein Knurren, teils ein Stöhnen. „Ruchlose Verführerin." Seine Arme schoben sie höher, und sein Schwanz rieb sich an ihrer feuchten Pussy.

„Ja", hauchte Nola. „Genau da will ich dich haben."

Er stieß langsam in sie hinein. „Nimm meinen Schwanz, Elfe."

Sie biss sich auf die Lippen und genoss die Dehnung, die er ihr verschaffte. Oh, sie liebte es, wie er sie ausfüllte.

„Nola." Seine Stimme klang atemlos. „Dein kleines Keuchen und Stöhnen macht mich verrückt."

Als sie seinem gleißenden Blick begegnete, ergriff ein warmes, prickelndes Gefühl ihr Inneres. Er begann, sich in ihr zu bewegen, rein, raus.

„Du füllst mich so gut aus, Knox." Ihr Körper zitterte, ein herrlicher Orgasmus baute sich in ihr auf. Ihre Arme und Beine klammerten sich an ihn. „Hör nicht auf."

„Niemals. Könnte ich gar nicht." Sein Blick brannte sich in ihren.

Eine Sekunde später kam sie. Ihre Lust war so heiß und scharf, dass sie fast ohnmächtig wurde. Sie rief seinen Namen, und ihre Nägel gruben sich in seine Schultern. Er stieß noch zwei weitere Male in sie hinein und drückte sie dann fest an die Wand.

„Ich werde nie genug davon bekommen." Sein Grunzen erfüllte ihre Ohren, und sie spürte, wie er in ihr pulsierte, als er kam. Sein tiefes Stöhnen hallte durch die Duschkabine.

Knox schlug eine Hand auf die Kacheln, und beide atmeten schwer.

„*Jesus.*" Er sog tief Luft ein. „Es wird einfach immer besser."

Nola ließ ihre Hand über seinen Rücken gleiten und streichelte ihn. Ihre Finger strichen über eine Narbe. Sie fühlte sich rund und faltig an.

„Eine Kugel?", fragte sie leise.

„Ja. Hat verdammt wehgetan, als das passiert ist."

„Darauf wette ich." Ihre Kehle schnürte sich zu. Sie hasste die Vorstellung, dass er angeschossen worden war und Schmerzen erlitten hatte.

Er streichelte ihr Gesicht. „Auf mich wird nicht mehr geschossen, also mach dir keine Sorgen."

„Heute wurde aber auf dich geschossen", stellte Nola fest.

„Das war eine Ausnahme." Knox packte sie und schaltete die Dusche ab. Danach trug er sie aus der Kabine und schnappte sich ein Handtuch vom Ständer.

Als er das Bett erreichte, setzte er sie ab und begann, sie abzutrocknen.

Er kniete sich vor sie und strich ihr mit dem Handtuch über die Beine. „Du bist wunderschön, Nola."

Sie sah auf seinen dunklen Kopf hinunter. Immer, wenn er sie so ansah, fühlte sie sich wie eine Göttin.

„Und jetzt brauchen wir etwas Schlaf." Langsam trocknete er sich ab und fuhr ihr dann mit den Händen durchs feuchte Haar. „Morgen müssen wir zu Sentinel Security, und du musst mit der Polizei sprechen."

Sie nickte und kletterte ins Bett. „Auf beides freue ich mich nicht gerade. Vielleicht können wir einfach hierbleiben. Wir haben Essen, Gin und guten Sex. Das reicht doch."

Knox ließ sich neben ihr nieder. „Dein Bruder könnte etwas dagegen haben."

Seufzend zog sie eine Grimasse. „Wahrscheinlich."

Er drückte sie an sich und legte sich zurück auf die Kissen.

Sie rieb ihre Wange an seiner Brust. „Erzähl mir etwas von dir."

„Liebling, du hast mich in den letzten Stunden ziemlich gut kennengelernt."

„Was ist deine Lieblingsfarbe?"

„Ich habe keine."

„Was?" Erschüttert hob sie den Kopf. „Das ist illegal."

Er schüttelte den Kopf. „Welche ist deine?"

„Aquamarin und Ägäisblau."

Knox legte die Stirn in Falten. „Die hast du dir gerade ausgedacht."

„Nein, habe ich nicht." Sie spielte mit dem Haar auf seiner Brust. „Ich muss zugeben, dass mir die Farbe Silber auch immer besser gefällt."

Seine Hand nahm ihre, führte sie an seinen Mund, und er küsste sie.

„Was ist dein Lieblingsessen?"

„Steak."

Nola rollte mit den Augen. „Du bist so ein typischer Mann."

„Ich glaube, du hast gerade in den letzten Stunden bewiesen, dass du das an mir magst."

„Stimmt. Meins ist Spaghetti Carbonara. Je cremiger,

desto besser. Aber ich esse sie nicht zu oft, sonst werden meine Röcke zu eng."

„Babe, glaub mir, deine Röcke können nie zu eng sein." Er drückte ihre Hüfte. „Oder deine Kurven zu kurvig."

„Definitiv wie ein Mann gesprochen." Sie hielt inne. „Wie kommt es, dass deine Ehe nicht funktioniert hat?"

Einen Moment lang schwieg er. „Wir waren zu jung, aber ich glaube, wir haben aus den falschen Gründen geheiratet. Unsere Freunde heirateten alle, also dachten wir, dass wir das auch tun sollten."

„Du hast sie nicht geliebt?"

Knox zuckte mit den Schultern. „Ich mochte sie, aber ich war nicht in sie verliebt." Er zog Nola wieder zu sich. „Ich glaube, die meisten Ehen sind zum Scheitern verurteilt, weil die Leute zu viele Erwartungen haben."

„Nur weil es bei dir nicht geklappt hat, heißt nicht, dass es immer so ist. Eine Erfahrung ist noch keine verlässliche Statistik, Knox."

„Meine Schwester ist geschieden. Das Arschloch hat sie ausgenommen und sieht seine Kinder kaum. Und meine Eltern ... Mein Dad war kein netter Kerl, und er hat meiner Mom das Leben zur Hölle gemacht. Sie haben sich nie scheiden lassen, aber ich habe sie nie glücklich gesehen."

„Nun, die Ehe meiner Eltern ist beileibe nicht perfekt, aber meine Mom und mein Dad sind glücklich miteinander. Nick und Lainie sind ein wunderbares Beispiel für eine glückliche Ehe. Das gilt für alle von Sentinel Security und ihre Partnerinnen und Partner."

Knox grunzte.

Sie kuschelte sich an ihn. „Du wirst schon sehen."

Er hatte ihr gesagt, dass sie ihm gehörte. Vielleicht war es nur die Hitze des Augenblicks gewesen, aber Nola wusste tief in ihrem Inneren, dass Knox Holman für sie geschaffen war.

Wenn er noch einmal versuchte, wegzugehen, würde sie um ihn kämpfen.

Eine Welle der Müdigkeit überkam sie, und sie schmiegte sich tiefer in seine Arme. „Ich muss dir noch etwas sagen."

Er zog eine Braue hoch. „Ja?"

„Ich habe einen unruhigen Schlaf. Das war schon immer so. Ich wälze mich hin und her und neige dazu, die Laken zu zerwühlen. Mein letzter Freund fing an, im Gästezimmer zu schlafen, wenn er über Nacht blieb. Wenn du also möchtest, dass ich auf der Couch schlafe, verstehe ich das."

Er zog sie dicht an sich heran, über seine nackte Brust, bis sich ihre Nasen berührten. „Du schläfst direkt neben mir."

Ein warmes Glühen erfüllte sie. „Okay."

Knox streckte die Hand aus und schaltete die Lampe aus. Sein starker Arm lag fest um sie, und sie drückte eine Handfläche auf seine Brust und streichelte seine Haut.

„Knox, dieser Abend ..."

„Es war gut, Elfe. Verdammt gut. Alles an dir ist fantastisch."

„Du magst mich", flüsterte sie.

„Ja, das tue ich."

„Ich mag dich auch."

Seine Hand glitt nach unten und drückte ihren Hintern. „Schlaf jetzt."

KAPITEL NEUN

Eine kleine Hand schlug Knox ins Gesicht. *Erneut.*

Er drehte sich um und drückte Nola halb unter sich aufs Bett. Sie zuckte zusammen und schaffte es, ihm auch noch gegen das Schienbein zu treten.

Knox grunzte. Offensichtlich hatte sie nicht gescherzt. Die ganze Nacht hindurch hatte sie sich hin und her gewälzt und ihm mehrmals eine Ohrfeige verpasst.

Jetzt schlief sie immer noch fest, die Augen geschlossen. Er schmiegte seinen Körper an sie, und sie stieß einen zufriedenen Seufzer aus. Knox spürte eine ähnliche Zufriedenheit. Seine Liebste so zu halten, fühlte sich gut an.

Es war lange her, seit er sich so wohlgefühlt hatte. Als wäre er genau da, wo er hingehörte.

Trotz seiner Vorbehalte, sich mit ihr einzulassen, hatte er gelernt, seinem Bauchgefühl zu vertrauen.

Sein Bauch, sein Herz und seine Eier sagten ihm, dass diese kleine Elfe ihm gehörte.

Das Morgenlicht drang durch die Vorhänge, und die Geräusche der Stadt wurden immer lauter.

Zuerst musste er Nola in Sicherheit bringen.

Zolotov würde alles in seiner Macht Stehende tun, um sich zu schützen.

Knox musste verhindern, dass ihr etwas geschah und sie zu Sentinel Security bringen. Dann würde er sie bitten, die Nacht bei ihm zu verbringen. Vielleicht würde sie ihm ja sogar helfen, seine Wohnung einzurichten? Im Anschluss würde er sie als Dankeschön zu einem Date einladen.

Scheiße, er hatte gedacht, er sei zu alt für so etwas, aber der Gedanke, dass sie ihn jeden Tag anlächelte und jede Nacht in seinem Bett schlief, fühlte sich richtig an.

Nola zappelte und rieb sich an seinem Schwanz.

Verdammt. Plötzlich schlug ihre Hand um sich und traf seinen Mund. Er griff nach ihrem Handgelenk.

„Scheiße, tut mir leid." Ihre Stimme war träge und schläfrig. Als sie sich umdrehte, war ihr Gesicht noch rosig vom Schlaf, und ihr Haar zerzaust. „Ich habe dich gewarnt."

„Später kannst du meine blauen Flecken küssen, damit sie heilen." Er lehnte sich zu ihr, um sie zu küssen.

„Morgendlicher Mundgeruch", quiekte sie.

„Ist mir egal." Sanft küsste er sie, und sofort schmiegte sie sich an ihn und ließ sich an seinen Körper sinken.

Knox erlaubte sich, sie noch ein paar Sekunden festzuhalten. „Meine heiße kleine Elfe."

„Mein heißer Silberfuchs." Sie streichelte seinen Bart.

Seufzend drückte er ihr einen kurzen Kuss auf die Nase. „Unglücklicherweise habe ich keine Zeit, dich noch mal zu ficken."

Sie schmollte. „Sicher?"

Seine Hände umfassten ihre Wangen. „Ich muss dich in Sicherheit bringen."

Ihr spielerischer Gesichtsausdruck wurde ernst. Ein Hauch von Angst zeigte sich in ihren Zügen. „Okay."

„Ich werde immer bei dir sein, Elfe. Bei jedem Schritt."

Sie nickte. „Aber dir darf ebenfalls nichts geschehen. Ich habe noch Pläne für dich, Knox Holman. Sehr viele Pläne."

„Na klar. Machen wir uns bereit."

Schnell gingen sie in die Küche und machten sich Frühstück. Nola trank ein riesiges Glas Saft. Danach zogen sie sich an, und er sah zu, wie sie die Perücke wieder aufsetzte.

Eigentlich hasste er diese verdammte Perücke.

Er zückte sein Handy und rief im Büro an.

„Knox? Alles gut?", meldete sich Killian.

„Ja, wir sind bereit."

„Nola?" Nicks tiefe Stimme schallte durch den Hörer.

„Ich stelle dich auf laut." Knox sah Nola an. „Es ist Nick."

„Nick." Nola beugte sich über das Handy. „Wie gehts Lainie?"

„Gut, aber sie hat es bei der Arbeit übertrieben. Immerhin hat sie mir versprochen, Teilzeit zu beantragen. Aber sie macht sich ziemliche Sorgen um dich. Bist du dir sicher, dass alles gut ist?"

„Ja."

„Nola, es tut mir so leid, dass ich deinen Anruf gestern nicht beantwortet habe."

„Nick, es geht mir gut. Versprochen."

„Kümmert Stone sich gut um dich?"

Sie sah zu Knox auf und grinste ihn schelmisch an. Er verzog das Gesicht.

„Ja." Nola atmete tief ein. „Wir sind bereit, uns auf den Weg zu Sentinel Security zu machen."

„Knox, im Moment sind die Straßen ruhig", mischte sich Hex ein. „Zolotovs Männer haben bis spät in der Nacht nach euch gesucht, aber derzeit kann ich keinen von ihnen sehen."

„Aber sie werden da sein", warnte Killian. „Und auf euch warten."

„Davon gehe ich auch aus", stimmte Knox zu.

„Das NYPD hat den Tatort im Penthouse gesichert", fuhr Killian fort. „Zolotovs Männer haben versucht, sich der Leiche zu entledigen. Sie wurde in der Müllpresse im Gebäude gefunden. Sie haben sie als Alexei Fedorov identifiziert. Ein russischer Geschäftsmann, der hauptsächlich mit Öl und Immobilien sein Geld verdient hat. Scheint, als hätte er Zolotov verärgert."

Nola sah nach unten. „Der arme Mann."

„Die Polizei braucht deine Aussage, Nola", erklärte Killian. „Was du gesehen hast ... kann einen sehr bösen Mann eine sehr lange Zeit hinter Gittern bringen."

Knox packte ihr Knie und drückte es sanft.

Sie nickte. „Klar, ich werde aussagen."

„Und ich bringe dich zum Büro." Er nahm ihre Hand. „Das schwöre ich."

„Danke, Knox", sagte Nick. „Ich schulde dir was."

„Nein, tust du nicht." Knox versuchte, keine Schuldgefühle zu empfinden, wegen der Dinge, die er in der Nacht mit seiner Schwester angestellt hatte.

Er würde das mit Nick irgendwann klären, doch das, was zwischen ihm und Nola geschehen war, war eine Sache zwischen ihnen beiden.

„Hex, kannst du uns eine Route zum Büro empfehlen?", fragte Knox.

„Wir wollten euch einen Wagen schicken, aber das ist zu riskant", antwortete Killian. „Wir sind besorgt, dass Zolotovs Männer bereit sind, bei Sichtkontakt sofort zu schießen. Ich glaube, es ist besser, wenn ihr euch zu Fuß auf den Weg macht. Das ist schneller und sicherer."

„Alles klar", erwiderte Knox.

„Können wir die High Line nehmen?", fragte Nola. „Dann könnten wir die Straße meiden."

Knox wusste, dass die hoch gelegene Grünfläche, die einst eine alte Bahnlinie war, eine beliebte Attraktion war. Er schüttelte den Kopf. „Ich möchte nicht dort in der Falle sitzen, wenn sie uns entdecken."

„Knox", meldete sich Hex. „Ich schlage vor, ihr geht Richtung Ufer und Hudson River Park. Zolotovs Männer waren gestern hauptsächlich in den Straßen unterwegs, die direkt zum Büro führen."

Knox zückte sein Handy und studierte die Karte. „Verstanden."

„Pass auf meine Schwester auf, Stone", bat Nick.

„Das werde ich." Knox begegnete Nolas blauen Augen. „Wir schaffen das."

„Viel Glück", sagte Killian. „Euch beiden."

„BEREIT?"

Nola sah zu Knox und kratzte sich dann am Kopf. Die Perücke war echt unangenehm.

„Na klar." Das war gelogen. Sie war nicht bereit. Tatsächlich wollte sie den sicheren Unterschlupf nicht verlassen. Ihr war sogar ein wenig übel vor Nervosität.

„Hey." Eine große Hand streichelte ihre Wange. „Es ist in Ordnung, Angst zu haben. Angst sorgt dafür, dass man wachsam bleibt und nicht leichtsinnig wird."

„Du kommst mir nicht wie ein leichtsinniger Typ vor." Sie legte ihre Hand auf seine Brust.

„Eine gewisse kurvige Elfe sorgt schon dafür, dass ich ein wenig wild werde."

Sie stellte sich auf die Zehenspitzen und küsste ihn.

Er vergrub seine Hände in ihrem Haar. „Ich werde dich zu Sentinel Security bringen, Nola. Zolotov und seine Männer werden dich *nicht* in ihre Finger bekommen."

Sie nickte und umarmte ihn.

Sanft streichelte er ihren Rücken, und sie wusste, dass sie es nicht länger hinauszögern konnte.

Als er die Baseballmütze tief ins Gesicht zog, fasste sie sich ein Herz. Er öffnete die Haustür, und Panik durchströmte sie.

Komm schon, Nola. Du schaffst das. Vor allem mit Knox an deiner Seite.

Sie verließen die Wohnung, wobei sie seine Hand fest in ihrer hielt.

„Wir gehen auf die Straße, als würden wir uns um nichts in der Welt sorgen", meinte er.

Sie atmete tief ein. „Klar."

„Wir sind nur ein Pärchen, das einen Spaziergang macht, um danach zu Hause wie die Karnickel zu ficken."

Ein Kichern entfloh ihren Lippen, als sie die Treppen hinuntergingen. „Mir gefällt der Tagesplan dieses Paars." Sie kratzte sich die Nase. „Wir gehen also zum Hudson?"

„So lautet der Plan. Und wir tun unser Bestes, um nicht von Zolotov und seiner Schlägertruppe bemerkt zu werden."

Bei dem Gedanken, dass die Kriminellen sie erkennen könnten, zog sich ihr Magen zusammen.

Knox drückte ihre Hand. „Du schaffst das."

Sie stellte sich gerade und sah zur Haustür des Gebäudes. „Natürlich. Ich bin Nola Newhouse. Ich bin tatsächlich auch ziemlich knallhart, musst du wissen."

„Wirklich?" Er stieß die Haustür auf.

„Ja, ich habe die Aufmerksamkeit dieses ehemaligen Marine Raider erregt, der auch ein heißer Silberfuchs ist."

„Das hast du definitiv." Er senkte seine Hand und streichelte ihren Hintern. „Auf gehts, knallharte Elfe."

Nola versuchte, ihre Nerven zu kontrollieren, als sie nach draußen trat. Die Sonne strahlte besonders hell, und es schienen zu viele Menschen auf der Straße zu sein. Geräusche hallten in ihren Ohren wider – Verkehrslärm, Hupen, Leute, die sich unterhielten.

Knox zog sie weiter, und sie gingen den Bürgersteig entlang.

Er wirkte entspannt, aber sie wusste, dass er es nicht war. Zweifellos war er sich jeder Person um sie herum bewusst. Ein Auto raste an ihnen vorbei, und Nola zuckte zusammen.

„Entspann dich", murmelte er.

„Ich versuche es." Sie leckte sich über die Lippen. Ihre Augen fielen auf Leute, die auf dem Weg zur Arbeit waren, Nannys, die Babys in Kinderwagen schoben, Menschen, die telefonierten. Alle sahen vollkommen entspannt aus und gingen einfach ihrem Alltag nach.

Sie hatten keine Ahnung von der Gefahr, die um sie herum lauerte.

Zolotovs Männer konnten überall sein.

Knox beugte sich vor und streichelte eine Seite ihres Gesichts. „Du entspannst dich nicht."

„Ich fühle mich, als hätte ich eine riesige Zielscheibe auf meinem Rücken."

Sie bogen um eine Ecke. An der Kreuzung brüllte ein Taxifahrer jemanden aus dem Fenster an.

Du schaffst das. Knox ist bei dir.

Dann sah sie zwei große Typen in Anzügen auf der gegenüberliegenden Straßenseite. Nola verkrampfte sich. Sie war sich ziemlich sicher, dass sie sie gestern schon gesehen hatte.

„Knox, auf der anderen Straßenseite", flüsterte sie eindringlich.

„Ich sehe sie." Sein Griff um ihre Hand wurde fester. „Geh weiter."

Mit jedem Schritt hämmerte ihr Puls in ihren Ohren.

Als sein Handy klingelte, zog er es heraus und drückte es an sein Ohr. „Holman. Scheiße, bist du sicher? Okay, danke, Hex."

„Was?", fragte Nola.

„Hex hat gesagt, ihre Bildschirme leuchten auf. Zolotovs Männer sind überall. Sie meinte, wir sollen uns bedeckt halten."

Nola wurde übel. Knox ging noch ein Stück weiter, dann zog er sie in ein Café.

Normalerweise würde der köstliche Duft von Kaffee ihre Geschmacksnerven in Wallung bringen, aber sie war zu aufgedreht, um etwas zu trinken. Der Laden war hübsch und gut besucht. Sie sah sich die lange Schlange an und vermutete, dass sie hier guten Kaffee zubereiteten.

Knox führte sie in einem langsamen und gemächlichen Tempo weiter in Richtung der hinteren Wand. Hinter dem Tresen waren mehrere Angestellte damit beschäftigt, den Bestellungen nachzukommen.

Er legte den Kopf schief und spähte durch einen Türrahmen. Nola tat das Gleiche. Im hinteren Teil befand sich eine winzige, beengte Küche, in der ein Mann in einer weißen Schürze Bagels und Frühstückssandwiches zubereitete.

„Lass uns gehen." Knox zerrte sie in die Küche.

Der Kopf des Kochs ruckte hoch. „Hey, Sie dürfen nicht hier hinten sein."

„Nur auf der Durchreise", murmelte Knox.

Er erreichte die Hintertür, und eine Sekunde später traten sie in die rückseitige Gasse, die sie zurück zur Straße führte. Nola musste ein wenig joggen, um mit Knox' langen Schritten mithalten zu können.

Auf dem Bürgersteig angekommen, verlangsamten sie ihr Tempo.

„Du machst das großartig", lobte er.

„Danke. Ich bin ein riesiges Nervenbündel."

Sie bogen um eine Ecke, und weiter vorn, an einer Hauswand lehnend, sah sie einen von Zolotovs Männern.

„Scheiße, noch einer." Sie zupfte an Knox' Ärmel. „Ich habe ihn gestern mit einer Blumenvase beworfen."

„Ich sehe ihn." Knox blickte zu Boden. „Ich hätte gern gesehen, wie du ihn verprügelt hast."

Sie rollte mit den Augen. Als sein Gesicht wieder ernste Züge annahm, wurde ihr klar, dass er versuchte, sie zu beruhigen.

Zolotovs Handlanger drehte den Kopf und schaute direkt in ihre Richtung.

„Scheiße", murmelte Knox.

Plötzlich öffnete sich die Tür des Gebäudes vor ihnen, und ein junger Mann mit bunten Tattoos und mehreren Piercings in Ohren und Nase verließ die Wohnung. Er hatte fünf Hunde an der Leine, die alle bellten und kläfften. Ein flauschiger Hund machte sich auf den Weg zu Nola, wickelte sich um ihre Knöchel und verhedderte sich in der Leine.

„Entschuldigung, Entschuldigung", sagte der junge Mann.

Aus dem Augenwinkel sah Nola, wie der Schläger

den Tumult beobachtete. Sie drehte sich mit dem Rücken zu ihm und beugte sich hinunter, um den Hund zu streicheln. Es war eine Art Pudel, der sie mit seinen warmen Augen liebevoll anstarrte.

Neben ihr hörte sie, wie Knox einen Fluch ausstieß.

„Tut mir leid, Großer", erklärte der Hundeausführer. „Ich wollte Ihnen keine Unannehmlichkeiten bereiten."

„Ist schon gut", sagte Nola. „Wie heißen Sie?" Sie hielt einen Labrador davon ab, seine Nase zwischen ihre Beine zu schieben.

„Orlando." Der junge Mann stellte sich kerzengerade, als würde er eine Pose einnehmen. „Hundeausführer der Extraklasse."

„Orlando –", Nola beugte sich vor, „hören Sie, wir brauchen Ihre Hilfe."

Die blauen Augen des Mannes weiteten sich. „Wirklich?"

Sie nickte. „Ein paar nicht so nette Kerle sind hinter uns her."

Orlandos Augen wurden noch größer. „Böser Ex?"

„Nicht direkt. Können wir mit Ihnen die Hunde ausführen?"

Aufregung erhellte Orlandos schmales Gesicht. „Oh, Sie wollen mit mir *undercover* spazieren gehen?"

Sie nickte. „Ja, genau."

„Ich dachte schon immer, ich würde einen guten James Bond abgeben", erwiderte Orlando.

„Finde ich auch." Sie lächelte. „Werden Sie uns helfen?"

„Das werde ich. Hier, das ist Lulu." Er reichte Nola

die Leine für den süßen Pudel, der um ihre Füße herumhüpfte.

„Und für dich, mein Großer, habe ich Cherub."

Er drückte Knox die Leine in die Hand. Der Hund war ein kleiner Chow-Chow. Er sah zu Knox auf und bellte ihn an, dann drehte er sich im Kreis.

Knox' Gesichtsausdruck verwandelte sich in Entsetzen.

Nola biss sich auf die Lippen, konnte aber nicht verhindern, dass ihr ein Kichern entwich.

„Mach nur weiter so", warnte er.

Sie kicherte wieder. „Aber ihr beiden seid so süß zusammen."

Bei ihren Worten sah er sie scharf an.

„Los gehts, Bondettes." Orlando führte die anderen drei Hunde wie ein Profi an der Leine.

„Ich gehe zum Chelsea Waterside. Dort gibt es einen tollen Hundepark, den die Süßen *lieben*."

„Perfekt", strahlte Nola.

Knox grunzte.

Sie hielten die Hundeleinen fest und gingen den Bürgersteig hinunter. Nola richtete ihren Blick entschlossen auf Lulu, während sie an Zolotovs Handlanger vorbeigingen.

Als sie die nächste Kreuzung erreichten, warf sie einen beiläufigen Blick zurück und sah den Schläger in die entgegengesetzte Richtung laufen.

Sie stieß einen zittrigen Atem aus.

So weit, so gut.

KAPITEL ZEHN

Knox versuchte, sich nicht darauf zu konzentrieren, dass er mit einem kläffenden Flauschball spazieren ging. Der Hund hüpfte die ganze Zeit herum und verhedderte sich in der Leine. Außerdem bellte er alles und jeden an.

Er hatte schon mit Militärhunden zusammengearbeitet, normalerweise Deutsche Schäferhunde und Belgische Schäferhunde der Varietät Malinois. Aber dieses Ding an der Leine konnte man wohl kaum als Hund bezeichnen.

Vor ihm schnatterten Nola und Orlando, als würden sie sich seit Jahren kennen. Auf dem bisher kurzen Weg hatten sie es geschafft, über Schuhe, Kleidung, Immobilien und Orlandos Musikerjob zu reden, während sie den Hunden die ganze Zeit Liebe und Aufmerksamkeit geschenkt hatten. Und natürlich waren sie ziemlich schnell zum Du übergegangen.

„Mädchen –", der junge Mann lehnte sich näher zu Nola – „dein Typ ist *heiß*."

„Weiß ich." Nola sah über ihre Schulter und winkte Knox zu.

Jetzt wollte er sie küssen.

„Ich würde *töten*, um einen heißen Silberfuchs zu finden, der meine Neigung teilt", fügte Orlando hinzu.

„Such weiter", erwiderte sie. „Geh keine Kompromisse ein." Dann lächelte sie Knox an. „Habe ich schon erwähnt, dass du und Cherub zusammen unfassbar süß aussehen?"

Knox lehnte sich vor, bis sein Mund nah an ihrem Ohr lag. „Ich werde dir den Hintern versohlen, wenn du so weitermachst."

„Ohhhh." Orlando schlug eine Hand auf seine Brust und erschauderte übertrieben. „Mädchen, du hast wirklich alles Glück der Welt gepachtet."

Sie gingen um eine Kreuzung, und Knox sah den Hundepark. Das Gelände war eingezäunt, hügelig und voller großer Steine. Zudem war es bereits mit Hunden überlaufen. Er wusste, dass dahinter sowohl der Hudson Park als auch der Fluss lag.

„Er hat versucht, mich zurückzuweisen", erzählte Nola. „Denn er arbeitet mit meinem Bruder zusammen, und beide waren beim Militär."

„Ah, der Bro-Code. Du warst unantastbar."

„Ja, aber das gefiel mir nicht."

„Wie lange hat es gedauert, bis er nachgegeben hat?"

„Eine Nacht."

Orlando brach in schallendes Gelächter aus.

Knox rollte die Augen gen Himmel.

„Ich habe echt Glück." Nolas Lächeln verschwand.

„Obwohl es mir noch besser ginge, wenn diese bösen Jungs nicht mehr hinter mir her wären."

„Es juckt mich wirklich, danach zu fragen." Orlandos Gesicht strahlte vor Neugier. „Aber ich schätze, das sollte ich lieber lassen."

„Auf jeden Fall", stimmte Knox zu.

Sie gingen über die Straße, und Orlando führte sie zum Tor des Hundeparks. Die Hunde wussten offensichtlich ganz genau, wo sie hinwollten, und begannen mit dem Schwanz zu wedeln und herumzuhüpfen.

Knox betrachtete die umliegenden Straßen und hoffte bei allen Göttern, dass sie Zolotovs Männer meiden konnten.

Aber sie waren noch nicht weit gekommen, als er zwei Männer bemerkte – beide trugen Anzüge und waren mit Tattoos bedeckt. Einer der Schläger war ein paar Zentimeter größer als Knox. Als er seine Nase betrachtete – die offenbar einige Male gebrochen gewesen und nie richtig verheilt war –, erkannte er, dass der Kerl gern kämpfte.

Die Art und Weise, wie sie die Straße beobachteten, zeigte eindeutig, dass sie auf der Suche nach jemandem waren.

Ein weiterer Hundeausführer trat mit vier angeleinten Hunden aus dem Park. Die neue Gruppe erblickte Orlandos, und Chaos brach aus.

Das Gebell und das ohrenbetäubende Gekläffe sorgten dafür, dass Knox zusammenzuckte.

„Bandit, beruhige dich!", rief Orlando. „Gumball, nein!"

Die Hunde rasten aufeinander zu.

Scheiße. Cherub zerrte an ihrer Leine. Für einen kleinen Hund war sie unglaublich stark. Knox riss sie zurück.

Alle Hunde verhedderten sich miteinander, und ein goldener Labrador schaffte es, seine Leine um Nolas Beine zu wickeln, sodass sie mitten in die Hundemeute gezerrt wurde und ihr Gleichgewicht verlor.

Knox sprang vor und fing sie auf, aber ihre blonde Perücke war bereits verrutscht und fiel zu Boden.

Einer der Hunde schnappte sich die blonden Haare und griff sie an, als wären sie ein wildes Tier.

„O nein", sagte sie.

Knox blickte auf.

Die beiden Gangster starrten sie direkt an. Sie erkannten Nola und deuteten auf sie.

„Orlando –", Knox drückte ihm seine und Nolas Leine in die Hand, „– danke für deine Hilfe."

„Wir müssen los", drängte Nola.

Orlando sah zu den beiden Kerlen, die auf sie zustürmten. „Oje, böse Jungs auf sechs Uhr."

„Danke für alles", meinte Nola. „Sei vorsichtig."

„Du auch, Süße." Er zwinkerte. „Lasst mich mal sehen, ob ich euch einen kleinen Vorsprung verschaffen kann."

Knox hob sie hoch und befreite sie aus der Hundemeute. „Sei vorsichtig. Das sind die Art Typen, die erst schießen und dann Fragen stellen."

Orlando stellte sich gerade und salutierte auf die furchtbarste Art und Weise, die Knox je gesehen hatte. „Ich bin gut darin, mich wegzuducken, Großer. Pass auf unser Mädchen auf."

Knox nickte. „Und sie hat recht, geh keine Kompromisse ein, sondern warte auf den Richtigen."

Orlando lächelte.

Knox wirbelte herum und setzte Nola wieder auf den Boden. Danach zerrte er sie zum Bürgersteig. „Schnell!"

Sie rannte los. Er konnte sehen, wie die Typen in ihre Richtung stürmten. Ihre Jacketts flatterten im Wind.

Knox sah zum Wasser und dem Hudson River Park. Dort gab es einige Bäume, aber sie mussten über eine offene Fläche rennen, um sie zu erreichen. Das war unmöglich. Sie wären die perfekten Zielscheiben.

Plötzlich erklang hinter ihnen eine Kakofonie bellender Hunde.

Er warf einen Blick zurück, genau wie Nola.

Sie fing an, zu lachen.

Orlandos Hunde sprangen Zolotovs Männer an. Die Kerle starrten finster drein und versuchten, sich zu befreien.

„Das tut mir ja so leid!", rief Orlando, klang aber ganz und gar nicht ehrlich.

Während Knox zusah, rannte Cherub um einen der Typen herum, bis die Leine festgezurrt war. Der Mann fiel um wie ein Baum.

Hm. Vielleicht musste Knox seine Vorurteile gegenüber Chow-Chows überdenken.

Schnell sah er wieder geradeaus, und sein Blick fiel auf ein großes blaugraues Gebäude am Wasser.

Chelsea Piers.

„Hier lang." Er änderte die Richtung. Die Fußgängerampeln vor ihnen waren grün, und Passanten überquerten die Straße. „Weiter."

Sie sprinteten über die Kreuzung.

Knox nahm Nolas Hand und rannte auf das Gebäude zu. Er hielt nicht an, um zurückzusehen.

„Chelsea Piers", stieß sie ein wenig atemlos aus.

„Wir gehen hier durch. So können wir unsere ungeliebten Freunde vielleicht loswerden."

Die Temperatur im Gebäude war ziemlich niedrig, und Geräusche hallten in dem großen Raum wider. Sie joggten die Rampe hoch, und eine Schlittschuhbahn tauchte auf.

Knox runzelte die Stirn. „Damit habe ich nicht gerechnet."

Das Eis war voller Leute. Manche skateten mit beeindruckender Leichtigkeit, andere stolperten lachend herum. Eine kleine Reihe Kinder raste an ihnen vorbei.

„Alle drei Piers sind riesige Sportkomplexe", erklärte sie. „Man kann Schlittschuhlaufen, Klettern, Bowlen, sogar Golf spielen. Ein Pier wurde zu einer Golf-Übungsanlage umgebaut."

„Alles klar. Komm." Er führte sie zum Eis. „Wir müssen da rüber."

„Was?" Sie schüttelte den Kopf. „Nein. Ich bin nicht gut darin, mein Gleichgewicht auf rutschigen Böden zu halten. Und wir haben keine Schlittschuhe."

„Nola, entweder das Eis oder die Gangster."

Sie warf einen Blick hinter ihn. „Klar. Immer diese Entscheidungen."

„Komm schon. Wo ist meine knallharte Elfe?"

„Sie erinnert sich an das eine Mal, als Marcus Dobson sie in der Highschool zu einem Date eingeladen hat. Wir gingen zum Schlittschuhlaufen ins Rockefeller

Center. Ich bin hingefallen, habe mir den Kopf ange-schlagen und hatte eine Gehirnerschütterung."

Knox schob das Tor auf und trat aufs Eis. Er streckte seine Hand aus. „Ich werde nicht zulassen, dass du fällst."

„Knox, es hat geblutet, und ich hatte eine Beule so groß wie Nebraska."

„Ich lasse nicht zu, dass du fällst, Elfe, versprochen."

Ihr Blick konzentrierte sich auf sein Gesicht. „Das weiß ich." Sie legte ihre Hand in seine. „Du bist ein guter Mann, Knox Holman. Fürsorglich, stark und ehrlich. Ganz zu schweigen von sexy und wirklich knallhart."

Sobald sie aufs Eis trat, rutschte ihr Fuß weg.

„*Ah!*"

Knox fing sie auf und zog sie nah an sich. Einige junge Schlittschuhläufer sausten an ihnen vorbei. In der Nähe kicherte ein Kleinkind, das von seinem Vater gestützt wurde, laut und fröhlich.

Dann richtete sich seine Aufmerksamkeit auf eine Bewegung neben dem Eis.

Zolotovs Männer waren hier.

„Wir müssen jetzt los." Knox drehte sich vorsichtig um und begann, sie über das Eis zu schieben.

Nola gab ein unglückliches Geräusch von sich, und ihre Hände krallten sich in seinen Arm. Er versuchte, sich unter die Skater zu mischen, damit sie nicht auffielen.

Sie waren fast auf der anderen Seite angekommen, als er laute Schreie hörte.

„Ich glaube, sie haben uns gesehen", meinte Nola.

Die zwei Gangster traten aufs Eis. Sie hatten erst ein

paar Schritte hinter sich, als einer ausrutschte und seine Beine den Halt verloren. Mit einem Plumps fiel er direkt auf den Rücken.

„Scheint so, als wäre Eislaufen auch nicht so sein Ding", stellte sie fest.

Knox schob das nächste Tor auf und hob sie vom Eis, bevor er ihre Hand nahm. „Hier lang."

Sie sprinteten an ein paar Bänken vorbei in einen Flur. Dort sah er eine Tür, die nach draußen führte, und zog sie in diese Richtung.

Als sie nach draußen traten, bemerkte er einige kleine Ausflugsboote, die am Pier angelegt hatten. Zur rechten lag die Grünfläche des Hudson River Parks.

„In den Park."

Sie eilten den Weg entlang. Knox rannte zu einem Pfad, der direkt in die Bäume führte, und Nola tat ihr Bestes, um mitzuhalten.

Sie liefen an ein paar Radfahrern vorbei und bogen um eine Ecke. Einige Leute spazierten durch den Park, während andere näher am Wasser lagen oder entspannt im Gras picknickten.

Er riskierte einen Blick zurück. Die Männer waren ihnen immer noch dicht auf den Fersen.

Einer kam näher.

Und zog eine Waffe.

„Alle runter!", brüllte Knox. Er zerrte an Nolas Arm und riss sie vom Pfad.

Sie rasten über das Gras und in eine kleine Waldlichtung. Hinter ihnen erklangen Schüsse, und Schreie hallten durch den Park.

Knox wurde langsamer, damit er Nola nicht versehentlich verlor. Flink wichen sie ein paar Bäumen aus und sprangen über Büsche. Mehr Waffenfeuer erklang.

„Wir müssen zum Weg am Wasser." Hoffentlich konnten sie sich in die Menge mischen und die Arschlöcher endlich loswerden.

Er zog seine Mütze ab und setzte sie Nola auf den Kopf. Dann zog er seine Jacke aus. Als sie einen Hügel hinunterliefen, bemerkte er einen Mülleimer und warf die Jacke hinein.

„Oh, ich habe Seitenstechen", erklärte Nola atemlos und hielt sich die schmerzende Stelle.

„Lauf weiter."

Erneut erklangen Schüsse, und Knox biss die Zähne zusammen. *Verdammt.* Diese Idioten würden noch unschuldige Passanten verletzen.

Als sie das Ende der Parkfläche erreichten, wanderten Menschen seelenruhig an ihnen vorbei. Einige saßen auf Bänken und blickten zum Hudson. Mehrere Jogger und Radfahrer nutzten den Weg entlang des Flusses. Knox zog Nola in eine kleine Gruppe von Leuten, die sie gerade passierte.

„Langsamer", murmelte er.

„Das ist verdammt schwer." Sie drosselte ihr Tempo, aber die Angst stand ihr ins Gesicht geschrieben. „Ich will einfach nur rennen."

Als sie zurücksah, drückte er ihre Hand. „Sieh nach vorn."

Zitternd atmete sie aus.

„Ich bin da, Nola."

Ihre Augen trafen seine. „Das weiß ich."

Das Vertrauen in ihren Augen überwältigte ihn.

Knox würde alles tun, was er konnte, um diesem Vertrauen gerecht zu werden und sie in Sicherheit zu bringen.

NOLA VERSUCHTE, ihren rasenden Puls zu beruhigen. Sie sah zum Wasser, was ihr normalerweise beim Entspannen half, aber heute half es nicht.

Tatsächlich bemerkte sie kaum, dass ein Lastkahn vorbeifuhr.

Hinter ihnen gab es einen Tumult, aber Knox sah weiter geradeaus und lief den Weg entlang, während er sie neben sich herzog.

Wie konnte er nur so ruhig bleiben?

Schließlich sah er beiläufig zurück. „Die beiden haben sich aufgeteilt. Sie mustern jeden, der am Wasser vorbeigeht."

Nola schluckte schwer und unterdrückte den Drang, zu fliehen. Ihre Finger umklammerten Knox' Hand. Sie wandte ihren Kopf dem Hudson zu, als würde sie die Aussicht genießen, und bemerkte, dass einer der Männer näher kam.

„Knox, er ist gleich bei uns", flüsterte sie.

„Geh einfach weiter."

Plötzlich rief der Mann: „Da ist sie!"

Knox wirbelte herum, als der Kerl an zwei Joggern vorbeilief und auf Nola zielte.

Sie keuchte auf. Knox stürmte vorwärts und kollidierte mit dem Gangster.

O Gott.

Überall um sie herum schrien Leute auf. Die Männer verpassten einander schwere Schläge. Knox traf seinen Gegner ziemlich hart am Kinn. Der Kerl spuckte Blut, rüstete sich jedoch für den nächsten Angriff.

„Ihr verfolgt eine kleine, winzige Frau?" Knox hämmerte dem Mann seine Faust in den Magen, bevor er ihm mit der anderen Hand ins Gesicht schlug.

Der Typ zuckte zusammen und hob die Hände.

„Fühlst du dich groß und mächtig, weil du eine Frau jagst?" Knox schlug erneut zu.

Sie rückten näher an das Geländer am Wasser heran. Zolotovs Mann schlug wild um sich und schaffte es, Knox in die Seite zu treffen. Aber Knox reagierte sofort und rammte dem Wichser einen Ellbogen gegen den Kopf. Als er ihn traf, hörte Nola ein Knirschen und zuckte zusammen.

Erneut rollten sie über den Boden, wobei Blut über das Gesicht des Gangsters strömte. Die beiden waren nur noch ein Wirrwarr aus Tritten und Schlägen.

Knox' Gesicht sah aus wie Stein. „Du wirst sie nicht in die Finger kriegen, Arschloch. Du bist erledigt."

Er stieß den Mann gegen das Geländer. Zolotovs Handlanger versuchte, sich zu wehren, aber Knox ging in die Knie, packte die Beine des Mannes und hob ihn hoch.

Nola sah schockiert zu, wie Knox den Mann über das Geländer hievte.

Der Kerl gab einen Schrei von sich, bevor er mit einem lauten Platschen ins Wasser fiel.

In der Nähe erklangen weitere Schreie. Knox ergriff ihre Hand, und sie rannten los.

Sie wichen Joggern, Spaziergängern und Touristen aus, und ihre Lungen brannten wie die Hölle.

Schnell eilten sie zurück auf die belebte Straße. Nola sah mehrere geparkte Motorroller in der Nähe. „Knox, wir könnten einen davon nehmen."

Seine Augenbrauen hoben sich. „Nein, wir nehmen *das*."

Er zeigte auf einen Mann, der von einem scharfen, roten Motorrad abstieg.

Knox schob sich an dem Mann vorbei und warf sein Bein über das Zweirad. „Ich muss mir das ausleihen."

„Hey!", rief der Typ.

„Rufen Sie bei Sentinel Security an, dann bekommen Sie es zurück." Mit diesen Worten zog er Nola zu sich. „Steig auf."

Behutsam kletterte sie hinten auf die Maschine. „Ist das sicher?"

„Nein, aber zumindest schnell." Er ließ den Motor an, und sie schlang schnell ihre Arme um ihn.

O Gott!

Mit einem Aufheulen des Antriebs rasten sie auf die Straße.

Nola klammerte sich fester an ihn, und der Wind peitschte ihr ins Gesicht. Er beherrschte das Motorrad mit einer Leichtigkeit, die ihr verriet, dass er schon einmal gefahren war.

Als sie davonbrausten, blickte sie zurück.

Sie sah mehrere Russen auf die Straße rennen. Ihre Hände legten sich um Knox' harten Körper. Zolotovs Männer würden nicht aufgeben.

KAPITEL ELF

Knox beschleunigte und wich mehreren Autos aus. Nola presste sich noch dichter an ihn und klammerte sich mit ihren Händen an den Stoff seines Oberteils.

Noch ein paar Blocks, dann würden sie Sentinel Security erreichen.

„Nimm mein Handy!", rief er. „Ruf bei Sentinel an."

Sie fuhr mit ihrer Hand in seine Tasche. Eine Sekunde später hörte er sie ins Handy schreien.

Als er um die nächste Kurve bog, wurde er langsamer. Vor ihm standen die Autos im Stau. *Scheiße.* Sie konnten es sich nicht erlauben, anzuhalten.

Zolotov würde nicht aufgeben.

Er wendete das Motorrad und fuhr auf den Bürgersteig. Als sie dort entlangrollten, sprangen erschrockene Menschen aus dem Weg. Nola keuchte, und ihre Finger krallten sich tiefer in sein Shirt.

„Hex meinte, dass sie uns immer noch verfolgen!",

rief Nola. „Killian und die anderen werden zu uns kommen."

„Nein." Knox starrte auf die volle Straße. „Hier sind zu viele Menschen. Das Letzte, was wir brauchen, ist eine Schießerei mit Zolotovs Männern."

Weitere Menschen hüpften aus ihrem Weg, und Knox fuhr wieder auf die Straße. Er wich einem Sedan aus und beschleunigte.

„Außerdem sind wir fast da."

„Okay." Knox hörte, wie sie weiter telefonierte, und spürte dann, wie sie herumrutschte. „Knox! Zwei Männer auf Motorrädern verfolgen uns."

Er wurde langsamer und sah zurück. *Verdammt.*

Sie hatte recht. Zwei Maschinen rasten die Straße hinunter, fuhren an den Autos vorbei und kamen ihnen immer näher.

Knox sah geradeaus und lehnte sich über den Lenker.

Als er an einem Taxi vorbeisauste, hörte er das Aufheulen eines Motors. Eines der Motorräder gab Gas und schaffte es neben sie.

Der Fahrer zog eine Pistole aus seiner Jacke und zielte in ihre Richtung.

Scheiße. „Halt dich fest!"

Knox bremste. Kugeln trafen geparkte Autos am Bordstein. Er riss den Lenker herum und fuhr in eine Straße, wo er sofort wieder beschleunigte.

„Sie kommen!", rief Nola.

Erneut wendete er und erkannte, dass das zweite Motorrad einen Bogen gefahren war. Es kam näher, bis es direkt hinter ihnen war.

Nola riss ihre Kappe herunter und warf sie auf den Mann. Sie traf ihn im Gesicht, und er und seine Maschine rutschten weg.

Knox warf einen Blick zurück und sah, wie das Zweirad gegen das Heck eines Autos prallte. Der Fahrer flog durch die Luft und landete auf dem Bürgersteig.

„Ja!", schrie Nola.

Knox sah wieder geradeaus. *Komm schon*. Sie waren fast beim Büro.

Aber einen Moment später kam der andere Fahrer aus einer Straße gerast. Er stieß fast mit ihnen zusammen.

Knox riss am Lenker, um eine Kollision zu vermeiden. Danach beschleunigte er sofort und fuhr um eine weitere Ecke.

Es ist nicht mehr weit.

„Lass nicht los!", rief er Nola zu.

Ihr Griff um seine Hüften wurde fester.

Schnell wendete er und raste wieder über den Bürgersteig, bevor er in eine Gasse abbog. Während sie hindurchfuhren, waren die Müllcontainer am Rand ihnen so nahe, dass sie sie fast berührten.

Mit quietschenden Reifen fuhren sie zurück auf die Straße.

„Er folgt uns immer noch", berichtete sie.

Knox richtete das Motorrad aus und gab Gas. „Nimm meine Waffe."

Sie lehnte sich vor, ihr Mund nah an seinem Ohr. „Was?"

„Nimm meine Waffe. Schieß auf ihn."

„Was?"

Knox konnte ihre Nervosität spüren, aber er hatte keinen Zweifel daran, dass Nick seiner Schwester ein paar Schießstunden gegeben hatte. „Du kannst das, Nola."

Sie griff nach Knox' Holster und zog die Waffe heraus. „Kanalisiere deine innere knallharte Elfe", redete Nola sich gut zu.

Sie drehte sich halb um, hielt sich mit einer Hand an Knox fest und zielte mit der anderen.

Knox warf einen Blick in den Seitenspiegel des Motorrads. Hinter ihnen schwenkte der Fahrer aus.

Eine Sekunde später feuerte Nola.

Zolotovs Schläger wich erneut aus.

„Mist", stieß Nola aus.

„Du schaffst das, Elfe."

Der Fahrer beschleunigte, und Nola drückte den Abzug.

Der Mann zuckte zusammen und verlor die Kontrolle über sein Motorrad.

Knox sah lange genug hin, um zu sehen, wie er abhob. Während er auf der Straße landete, rutschte sein Gefährt in die entgegengesetzte Richtung und stieß mit einem Lieferwagen zusammen.

„Ja!" Nola drehte sich wieder um und umarmte Knox. „Ich bin wirklich eine knallharte Elfe."

„Auf jeden Fall."

Plötzlich raste ein großer, schwarzer SUV aus der Straße links von ihnen und fuhr direkt vor sie.

Nola schrie.

Verdammt.

Knox riss am Lenker.

Das Hinterrad des Motorrads brach aus, und das Bike rutschte weg. Er verlor die Kontrolle.

Als das Zweirad fiel, schrie Nola laut auf.

Knox drehte sich um, packte Nola und sprang ab.

O GOTT, *o Gott, o Gott.*

Vor einer Sekunde waren sie noch die Straße hinuntergesaust, und jetzt segelten sie durch die Luft.

Nola drückte ihr Gesicht an Knox' Brust.

Mit einem furchtbaren Knall schlugen sie auf dem Boden auf. Knox landete zuerst, sie auf ihm. Er grunzte.

Ihre Augen schlugen auf, und sie sah das Motorrad auf der Seite liegen. Ein Auto fuhr direkt an ihnen vorbei. Reifen quietschten.

„Knox, gehts dir gut?", fragte sie atemlos.

„Klar", stieß er aus. „Und dir?"

Ihr war schwindelig, und sie konnte schlecht atmen. Als sie nach unten sah, erwartete sie, Blut zu sehen, aber alles sah gut aus. Alles fühlte sich gut an. „Ich glaube, es ist alles okay."

Knox stand auf und riss sie auf die Beine. Dann klopfte er ihre Arme ab.

„Alles gut." Nola warf sich an seine Brust und umarmte ihn. Schon wieder hatte er sie gerettet.

Er erwiderte die Umarmung. Dann erkannte sie, dass er mit angespanntem Kiefer über ihren Kopf hinwegsah.

Sie drehte sich um.

Ein Mann stieg aus dem SUV.

Nachdem er sein Jackett gerichtet hatte, sah er sie direkt an.

Zolotov. Ihr gefror das Blut in den Adern.

„Wir müssen abhauen", meinte Knox. „Bis zu Sentinel Security ist es nur noch ein Block."

Sie nickte.

Schnell nahm er ihre Hand, und sie rannten los.

Zusammen eilten sie die Straße hinunter und auf den Bürgersteig. Nola lief so schnell sie konnte, obwohl sie kaum noch zu Atem kam.

„Schneller, Nola", forderte Knox.

„Meine Beine sind nicht so lang wie deine." Als sie über die Straße rannten, hielt ein Auto mit quietschenden Reifen an, um sie nicht umzufahren. „Und ich bin *auf keinen Fall* eine Läuferin."

„Fast da."

Nola konnte das riesige, alte Lagerhaus vor sich sehen. Bei dem Anblick der Backsteinfassade machte ihr Herz einen Sprung.

Gott, es schien noch meilenweit entfernt zu sein.

Sie rannte schneller.

Eine Sekunde später erklang ein Schuss, und sie schrie auf. Kugeln hagelten auf sie herab.

„Knox!"

Er warf sich über sie und riss sie zu Boden. Weitere Patronen schlugen ein.

Gott, sie wollte nicht erschossen werden. Und sie wollte auch nicht, dass Knox erschossen wurde. Ihre Hände umklammerten ihn, während er sie mit seinem Körper deckte.

Dann hörte der Kugelhagel auf.

Er sprang auf und zog sie mit sich hoch. Knox hatte seine Waffe in der Hand, drehte sich zur Straße um, zielte und feuerte zurück.

„Renn", befahl er. „Halte erst inne, wenn du im Büro bist."

„Ich werde dich nicht zurücklassen."

Er feuerte erneut. *„Nola"*, knurrte er.

„Wir gehen gemeinsam, Knox."

Mit einem Kopfschütteln schoss er erneut. Dann packte er ihren Arm, riss sie nach vorn und sprintete mit ihr die Straße entlang.

Das Lagerhaus kam näher.

Fast da.

Aber Zolotov und seine Männer waren ihnen dicht auf den Fersen.

Sie konnte sie kommen hören – schnelle Schritte auf dem Bürgersteig, Schreie.

Bleib nicht stehen, Nola.

Alles tat weh, aber sie wusste, dass Knox sie beschützen würde, falls sie stoppen würde. Sie sah zu den großen Fenstern an der Vorderseite von Sentinel Security.

Bäng.

Der Schuss hallte in der Straße wider.

Nola duckte sich, warf einen Blick zurück und sah, wie einer von Zolotovs Männern zusammenbrach.

Bäng.

Noch ein Mann ging zu Boden.

Zolotovs Männer verteilten sich.

Knox grinste. „Irgendjemand bei Sentinel Security ist ein guter Sniper."

Sie liefen weiter.

„Über die Straße", befahl er.

Nola lief los, so fokussiert darauf, das Gebäude zu erreichen, dass sie dem Verkehr keine Aufmerksamkeit schenkte.

Ein Auto bremste und erwischte sie fast. Es kam gerade noch rechtzeitig zum Stehen, und Knox legte eine Hand auf die Motorhaube und die andere auf ihren Rücken.

„Weiter."

Sie erreichten den Bürgersteig vor Sentinel Security.

Quietschende Reifen machten sie auf einen schwarzen SUV aufmerksam, der über die Straße raste. Der Wagen kam direkt auf sie zu.

„Schneller, Nola."

Der SUV kam abrupt zum Stehen, und Männer in Anzügen strömten heraus.

Bäng. Der Sniper bei Sentinel Security feuerte weiter. *Bäng.*

Knox hob seine Pistole an und schoss ebenfalls.

Zolotovs Männer duckten sich hinter ihren SUV.

Nola sah zum Büro von Sentinel Security.

So nah dran.

Mehr Waffenfeuer erklang, und Knox stieß sie aus dem Weg.

Vor ihnen zerbrach die Glasfront von Sentinel Security in eine Million kleine Stücke.

Nola unterdrückte einen Schrei.

Plötzlich schlang Knox seine Arme unter ihre Achseln. Er hob sie hoch, trug sie die letzten paar

Schritte, und sprang dann mit ihr durch das zerbrochene Fenster.

KAPITEL ZWÖLF

Knox landete in der Hocke auf dem mit Glas bedeckten Boden und hielt Nola sicher in seinen Armen.

Er blickte auf ...

Und vor ihm stand eine Mauer aus seinen Kollegen von Sentinel Security.

Killian stand in der Mitte, flankiert von Nick und Matteo. Links und rechts von ihnen befanden sich Bram und Hadley. Und an der Seite wartete Cain. Alle hatten ihre Waffen gezogen und im Anschlag.

Devyn fehlte, also vermutete er, dass sie der Sniper war, der draußen aufräumte.

Killian schaute an Knox und Nola vorbei. Als Knox zurücksah und dem Blick seines Chefs folgte, verkrampfte er sich.

Scheiße!

Zolotov und mehrere seiner Männer traten durch das zerbrochene Fenster ins Büro, ihre Waffen ebenfalls erhoben.

Es war ein Patt.

Knox und Nola waren in der Mitte gefangen.

„Hawke", sagte der Mafiaboss langsam.

„Zolotov." Killians Stimme war eiskalt.

„Wir nehmen die Frau mit und gehen", erklärte Zolotov mit starkem Akzent.

Nola keuchte.

„Nur über meine Leiche", knurrte Knox.

Der Blick des Gangsterbosses fiel auf Knox. Seine Augen waren dunkel und eisig. „Das lässt sich arrangieren."

„Nola geht nirgendwohin", mischte sich Killian ein.

Knox stand auf und schob sie hinter sich, während er Zolotov böse anstarrte. Nola packte seinen Gürtel.

„Lass mich sie mitnehmen, dann wird niemand verletzt", fuhr der Russe fort. „Ansonsten –", noch mehr von seinen Männern traten ins Büro, „– wird das in einem Chaos enden. In meiner Armee sind mehr Männer als in deiner."

Killian starrte ihn an. „Dafür ist meine besser trainiert." Er schüttelte den Kopf. „Nola geht nirgendwohin. Sie ist die Schwester einer meiner Männer. Sie gehört zur Familie. Auf keinen Fall werde ich zulassen, dass du ihr auch nur ein Haar krümmst."

Knox runzelte die Stirn. Es wirkte so, als wollte Killian den Mann hinhalten. Worauf zur Hölle wartete er?

„Das ist verdammt richtig", knurrte Nick.

„Niemand von uns wird zulassen, dass du sie mitnimmst", fügte Bram hinzu.

Hadley neigte den Kopf. „Aber ich würde gern sehen, wie du es versuchst."

Knox legte seinen Arm um Nola und hielt sie fest. Dabei drehte er sich so, dass sie mit seinem Körper geschützt wurde. Was auch immer sein Team geplant hatte, er war bereit.

„Dann eben Chaos", meinte Zolotov. „All deine Leute werden sterben, Hawke."

Killian lächelte, obwohl an der Situation nichts Amüsantes war. „Glaubst du das wirklich?"

Seine Stimme war so scharf wie ein Schwert, und einige von Zolotovs Männern zuckten zusammen.

Der Mafiaboss änderte subtil seine Körperhaltung. Irgendetwas machte ihn nervös, aber er hob dennoch seine Waffe an. „Ich bin kein Mann, der sich gern wiederholt. Ich werde es dir noch ein letztes Mal sagen: Gib mir die Frau."

Killian neigte den Kopf. „Ich habe da eine bessere Idee."

Zolotovs harter Mund wurde schmal. „Welche?"

„Ich lasse meine Frau dir in den Arsch treten."

Plötzlich geschah alles innerhalb von einem Herzschlag. Das Lüftungsgitter über Zolotov öffnete sich, und ein großer, athletischer Körper glitt heraus. Knox sah einen Hauch von rotem Haar.

Devyn landete gebückt hinter Zolotov. Sie trat ihm die Knie weg, und sobald er auf dem Boden lag, drückte sie ihre Waffe an seinen Hinterkopf.

„Ich bin ziemlich sauer, weil du unser Fenster zerschossen hast", erklärte sie.

Zolotovs Männer wirkten wie erstarrt. Zwei richteten ihre Waffen auf Devyn.

Bäng. Bäng.

Bei dem Geräusch von Schüssen zuckte Nola zusammen, und Knox zog sie dichter an sich. Dabei behielt er seinen Blick auf die Szene gerichtet und sah, dass Killians gut gezielte Kugeln Zolotovs Männer in die Schultern getroffen hatten. Beide ließen ihre Waffen fallen und drückten die Hände auf ihre Wunden.

„Tötet die Frau!", rief Zolotov.

Ein junger Mann mit geweiteten Augen hielt immer noch seine Waffe in der Hand. Er drehte sich mit zitternden Händen um.

Und zielte auf Nola und Knox.

Scheiße.

Plötzlich rammte Nola ihren Körper gegen den Frischling.

Die Waffe ging los. Die Kugel sauste über ihren Kopf, und Knox spürte einen brennenden Schmerz in seinem Arm.

Er packte Nola und warf sie mit sich zu Boden.

VERDAMMTE SCHEISSE.

Nola hatte gespürt, wie die Kugel an ihrem Ohr vorbeigerauscht war.

Sie drückte eine Hand auf ihr Haar, ihre Wange, die Seite ihres Halses. Nichts. Kein Einschussloch. Kein Blut.

Ihr ging es gut. Zitternd schaute sie auf und sah, dass

Nick und Bram den Schützen festhielten. Devyn hatte immer noch ihre Pistole auf Zolotov gerichtet.

Der Rest seiner Männer hatte die Waffen fallen lassen und die Hände erhoben.

In Sicherheit.

Sie waren in Sicherheit.

Sie grinste. „Knox. Es ist vorbei."

Er hielt sie immer noch fest. Ja, er hatte es geschafft. Er hatte sie in Sicherheit gebracht, genau wie er es versprochen hatte.

Sie drehte sich um. „Wir ..."

Dann sah sie das Blut auf seinem Ärmel.

Es fühlte sich an, als würde ihr der Boden unter den Füßen weggerissen. „O mein Gott. Du wurdest *getroffen*." Ihre Stimme wurde schrill, und sie setzte sich schnell auf.

Er tat es ihr gleich. „Das ist nur ein Streifschuss."

„Du wurdest getroffen! Eine Kugel hat dich erwischt." Ihr Hirn erlitt einen Kurzschluss, und Panik breitete sich in ihr aus.

„Nola –"

Sie berührte sein Gesicht. „Wir brauchen einen Sanitäter. Ruft 9-1-1 an."

„*Nola*", wiederholte Knox ruhig. „Das ist gar nichts. Mir gehts gut."

„Es geht dir *nicht* gut. Wir müssen die Blutung stoppen."

„Elfe." Knox packte ihr Kinn, lehnte sich vor und küsste sie.

Oh. Sofort riss sein Geschmack sie vom Hocker. Sie

erwiderte den Kuss und kroch in seinen Schoß. Seufzen zog er sie näher zu sich und hielt sie fest.

Ihre Panik löste sich auf und wurde von etwas viel Heißerem ersetzt.

Als er sich zurückzog, drückte er seine Stirn an ihre. „Besser?"

„Gehts dir wirklich gut?", fragte sie ängstlich. „Versprochen?"

„Ja, versprochen. Uns beiden gehts gut."

Sie lächelte, als Erleichterung sich in ihr ausbreitete.

„Was zur Hölle?"

O scheiße. Das war Nicks wütende Stimme.

Nola sah auf und bemerkte, dass ihr Bruder neben ihnen stand, die Hände in die Hüften gestemmt und einen finsteren Blick in den Augen.

„Warum zur Hölle küsst du meine Schwester, Stone?", fragte Nick fordernd.

Nola glitt von Knox herunter und stand auf. Knox erhob sich ebenfalls und legte ihr eine Hand auf die Schulter.

Sie räusperte sich. „Nick –"

„*Du.*" Er sah Knox mit einem scharfen Blick an. „Sie war in Gefahr, und du hast das ausgenutzt?"

„Warte." Sie trat einen Schritt auf ihren Bruder zu und stupste ihm mit einem Finger gegen die Brust. „Hör mir zu."

Jetzt sah er noch finsterer drein.

„Knox und ich haben uns bereits letztens in der Bar kennengelernt, noch bevor ihr dort aufgetaucht seid." Gott, das schien vor verdammt langer Zeit gewesen zu sein. Es fühlte sich an, als würde sie Knox schon viel länger kennen. „Wir ... haben eine Verbindung. Ich mag ihn, Nick. Sehr sogar. Als er herausgefunden hat, dass du mein Bruder bist, hat er mich zuerst zurückgewiesen."

Nick verschränkte die Arme.

„Das hat mich verletzt", fügte Nola hinzu.

„Elfe." Knox' Finger strichen über ihren Nacken und streichelten sie.

Sie wandte sich ihm zu. „Dann hat er mich gerettet. Sein Leben für mich riskiert. Er ist ein guter Kerl –", sie sah ihren Bruder an, „– und ich weiß, dass du ihn auch magst und respektierst, nicht wahr?"

Ein weiterer böser Blick zog über Nicks Gesicht. „Ja."

„Wo ist dann das Problem, Nick? Ich mag Knox. Einen Mann, den du ebenfalls magst und respektierst. Und er mag mich."

Nicks Kiefer arbeitete schwer. „Er ist zu alt für dich."

Sie gab ein genervtes Geräusch von sich. „Das ist wohl meine Entscheidung, nicht deine. Außerdem habe ich viele Typen in meinem Alter gedatet, die du alle gehasst hast."

Die Brauen ihres Bruders huschten nach oben. „Das ist wahr."

„Ich werde sie gut behandeln, Wolf", erwiderte Knox. „Eigentlich war ich nicht auf der Suche nach einer Beziehung, und mit ihr habe ich absolut nicht gerechnet."

Nola neigte den Kopf. Sein Blick, als er zu ihr nach unten sah, sorgte dafür, dass ihr Herz einen Hüpfer machte.

„Jetzt will ich noch ganz viel Zeit mit ihr verbringen." Er berührte ihre Wange. „Und sie zum Lächeln bringen."

„*Knox*", murmelte sie.

„Und dafür sorgen, dass sie genau so meinen Namen flüstert."

Der Kuss war sanft und süß, aber er stöhnte, als sie ihre Lippen öffnete. Seine Zunge stieß tief in ihren Mund, und er küsste sie mit voller Leidenschaftlich.

Nick gab ein gequältes Geräusch von sich.

Knox hob den Kopf, und Nola leckte ihre Lippen.

„Wenn du sie verarschst, bekommen wir ein ernsthaftes Problem", warnte Nick.

Knox legte einen Arm um ihre Schulter. „Dann kannst du dir sicher sein, dass wir niemals ein Problem miteinander bekommen werden."

Russische Flüche erklangen im Büro.

Nola sah rüber und bemerkte, dass der Rest von Sentinel Security Zolotovs Männer gefesselt hatte. Devyn schloss die Fesseln um die Handgelenke des Mafiabosses, der nicht gerade glücklich darüber aussah.

„Sie wird nie in Sicherheit sein!", rief Zolotov. „Meine Leute werden nicht aufhören. Sie werden –"

Knox knurrte, und Nolas Herz vollführte einen übelkeitserregenden Salto.

Killian trat vor. „Nola steht unter dem vollen Schutz von Sentinel Security."

Bei seinem tödlichen Tonfall hörte Zolotov auf, zu reden.

„Wenn auch nur einer deiner Männer Nola falsch ansieht", fuhr Killian fort, „werde ich nicht ruhen, bis ich dein ganzes Verbrechersyndikat ausgelöscht habe. Nichts wird übrig bleiben. Nicht mal ein Staubkorn."

Zolotov schluckte schwer.

Mehrere Polizisten, einige in Uniform, andere in Zivil, kamen ins Büro.

„Hawke", sagte ein Mann im Anzug.

„Burns." Killian ging rüber, um die Cops zu begrüßen. „Sie haben die Party verpasst."

Der Detective starrte Zolotov an. „Was für eine Schande."

Zwei Sanitäter folgten den Polizisten. „Wir haben gehört, es gäbe Schussverletzungen", sagte eine Frau.

„Ja", meinte Nola. „Das hier ist einer der Guten." Sie deutete mit ihrem Daumen auf Knox. „Bitte behandeln Sie ihn zuerst."

„Das ist nur ein Streifschuss", erklärte er.

„Ist mir egal", erwiderte Nola ernst.

„Nola." Killian trat vor. „Du musst Detective Burns deine Aussage aufnehmen lassen, und ihm ganz genau sagen, was du im Penthouse gesehen hast."

Ihr Glücksgefühl trübte sich.

„Du schaffst das, Elfe." Knox drückte ihren Arm. „Ich warte hier, bis du fertig bist."

Nola nickte und folgte dem Detective in eins der leeren Büros.

„Ms. Newhouse, mein Name ist Detective Mac Burns." Er zog ihr einen Stuhl heran. „Warum fangen Sie nicht ganz von vorn an?"

Sie setzte sich und schlug die Beine übereinander. „Nun, ich habe ein neues Objekt im High Line Tower zum Verkauf reinbekommen."

Es machte keinen Spaß, ihm von den Ereignissen im Penthouse zu erzählen, aber sie schaffte es, bei der Sache zu bleiben. Der Detective machte sich Notizen und stellte mehrere Fragen.

„Danke." Detective Burns stand auf und steckte sein Notizbuch wieder in seine Tasche. „Dank Ihrer Hilfe können wir Zolotov sehr lange hinter Gittern bringen."

„Das klingt gut." Nach allem, was Knox und sie gestern und heute durchgemacht hatten, verdiente Zolotov genau das.

„Das ist es auch. Er ist ein schlimmer Kerl, und er hat vielen Menschen wehgetan." Dann hielt der Detective eine Handtasche hoch. „Ich glaube, die gehört Ihnen. Wir haben sie im Penthouse gefunden."

„O vielen Dank." Sie nahm sie freudig entgegen.

„Passen Sie auf sich auf, Ms. Newhouse. Obwohl es Ihnen dank der Freunde, die Sie haben, mit Sicherheit gut gehen wird."

Sie lächelte. „Das glaube ich auch."

Als der Detective wegging, sah sie, dass Nick auf sie wartete. Er schenkte ihr eine Umarmung.

„Ich bin so verdammt froh, dass es dir gut geht."

„Ich auch."

Er lehnte sich zurück. „Ich schätze, ich werde Knox und dir meinen Segen geben."

„Ich habe dich zwar nicht darum gebeten, aber das ist schön." Sie drückte seinen Arm.

„Ich werde es Lainie erzählen. Sie wird ausflippen vor Freude. Knox und du müsst mal zum Essen vorbeikommen."

„Das wäre toll." Nola konnte es gar nicht erwarten, ihre Freundin zu sehen und ihr alles über Knox zu erzählen und nachzufragen, wie es ihr ging.

„Jemand wartet auf dich." Nick neigte seinen Kopf.

Nola erblickte Knox, dessen Bizeps mittlerweile verbunden war. Sie drückte den Arm ihres Bruders. „Danke, Nick."

Ihr Bruder strich ihr ein paar Strähnen ihres Haars hinters Ohr. „Halte dich von Schwierigkeiten fern. Versuch, nicht noch mal Zeugin eines Mafiamordes zu werden."

Sie lachte. „Klar." Schließlich ging sie zu ihrem sexy Silberfuchs. „Hi."

„Hi. Gehts dir gut?"

Sie nickte. „Ja, ich bin fertig." Dann sah sie sich in dem zerstörten Büro um. „Ich kann noch gar nicht glauben, dass es vorbei ist."

Seine Finger strichen über ihre Wangenknochen. „Nun, ich habe oben eine Wohnung ..."

Sie neigte den Kopf. „Ach ja?"

„In meinem Kühlschrank ist kein Essen, und viele Möbel habe ich auch nicht. Aber wir könnten was bestellen, und ein Bett besitze ich immerhin."

Sie nahm seine Hand. „Das klingt super. Füg noch ein Glas Wein hinzu, dann gehöre ich ganz dir."

„Ich bin mir sicher, dass ich mir eine Flasche von Hadley ausleihen kann." Er verschränkte ihre Finger. „Und ich kann dir garantieren, dass es dort keine Kriminellen gibt."

„Bin dabei. Ich habe meine Quote Mafiabosse für diese Woche erfüllt." Sie lächelte. „Zeig mir den Weg, mein sexy Silberfuchs."

EPILOG

Sechs Monate später

Knox öffnete die Haustür mit seinem Ellbogen, weil er beide Hände voll hatte. In der einen Hand trug er eine Flasche Wein und in der anderen eine Takeaway-Tüte von Pepe Giallo, dem italienischen Restaurant, das Nola so liebte. Er hatte ihr Lieblingsgericht, Spaghetti Carbonara, bestellt.

Es war ja schließlich ein besonderer Abend.

„Hey, Elfe. Ich bin zu Hause."

Er hatte einen anstrengenden Tag hinter sich. Nick und er hatten ein paar Wirtschaftsspione aufgespürt. Dann hatte er das Vergnügen gehabt, Devyn dabei zuzusehen, wie sie einem eingebildeten Firmenchef in den Hintern getreten hatte, der sich hatte aus dem Staub machen wollen, als er mit den Beweisen für seine Verbrechen konfrontiert wurde. Den krönenden Abschluss bildete Killian, der aufgrund ihrer Aktion ausgerastet war. Devyn war schließlich schwanger und sollte nicht kämpfen, schon gar nicht gegen Männer, die größer waren als sie. Man sah es ihr noch nicht an, und die Schwangerschaft bremste sie nicht.

„Nola?", rief er.

„Ich bin ... ähm ..." Ihre gedämpfte Stimme drang aus dem Flur. „Ich komme schon."

Er runzelte die Stirn und stellte die Flasche und die Tüte auf der Kücheninsel ab. Sie klang irgendwie komisch.

Seine Wohnung war endlich vollständig eingerichtet. Nola war vor einem Monat eingezogen und hatte alles mit viel Stil und Farbe dekoriert. Er liebte es, ihren Pullover über die Stuhllehne drapiert zu sehen, oder eine Vase mit frischen Blumen auf dem Tisch zu finden.

Er war glücklich. Verdammt glücklich.

Damals, in Kalifornien, war er wahnsinnig unruhig gewesen. Er hatte sich fürchterlich fehl am Platz gefühlt.

Jetzt mochte er New York, liebte seinen Job und bewunderte Magnolia Newhouse. Endlich hatte er den richtigen Ort für sich gefunden.

Vor ein paar Monaten hatten sie noch eine andere Nachricht erhalten: Zolotov war im Gefängnis getötet worden. Ein Rivale hatte ihn auf dem Gefängnishof angegriffen. Knox hatte nicht das geringste bisschen Mitleid empfunden.

Nola war immer noch nicht aufgetaucht, also ging er in Richtung des Hauptschlafzimmers.

Er fand sie drinnen vor. Sie hatte sich offensichtlich umgezogen, nachdem sie von der Arbeit nach Hause gekommen war, und trug Leggings, ein Tanktop und war barfuß.

Sie drehte sich um. Ihr Gesicht war angespannt, und ihre Augen besorgt.

Sein Magen verkrampfte sich. „Nola? Was ist los?" Er ging zu ihr hinüber und packte ihre Schultern.

„Knox ..." Sie schüttelte den Kopf. „Ich möchte, dass du weißt, dass ich dich liebe."

Seine Kehle schnürte sich zu. Obwohl sie seit einigen Monaten zusammen waren, hatten sie diese Worte noch nie laut ausgesprochen. Sie waren zu sehr damit beschäftigt gewesen, einander kennenzulernen und zu genießen.

„Ich bin schon sehr lange auf der Suche nach meinem Seelenverwandten." Sie holte tief Luft. „Und das bist du. Du machst mich glücklich. Bei dir fühle ich mich sicher."

„Nola –"

Sie hielt eine Hand hoch. „Ich weiß, dass du gegen Heirat und Kinder bist. Das war mir egal, solange ich dich hatte."

„Nola –"

„Es war ein Unfall." Die Worte sprudelten nur so aus ihr heraus.

Stirnrunzelnd legte er den Kopf schief. Er machte sich langsam Sorgen. „Was war ein Unfall?"

„*O Gott.*" Sie hielt einen weißen Plastikstreifen hoch. „Es tut mir so leid. Ich habe keine Ahnung, wie das passiert ist."

Knox nahm ihn in die Hand und bewegte ihn so, dass er das Wort darauf lesen konnte.

Schwanger.

Es war ein Schwangerschaftstest. Ein positiver.

Er hatte das Gefühl, als wäre die Luft aus dem Raum gesaugt worden. Alle Geräusche wurden gedämpft.

Nola drehte sich weg und ging auf und ab, die Hände vor der Brust verschränkt.

Nola war schwanger.

Mit seinem Baby.

NOLA SCHLUCKTE. Ihr Atem stockte, und ihr Puls raste.

Sie hatte es vermasselt und war irgendwie schwanger geworden.

Ein Teil von ihr war insgeheim froh darüber. Sie liebte ihre Nichte Amelia. Nick und Lainie hatten ein wunderschönes, pausbäckiges kleines Mädchen bekommen. Nola verbrachte so viel Zeit mit ihrer Nichte, wie sie konnte.

Lainie war eine tolle Mutter und Nick war genau so, wie sie es erwartet hatte. Ein vernarrter, überfürsorglicher Vater. Es war so süß, wenn er mit seiner Tochter zusammen war.

Der Gedanke, ein Baby zu bekommen – ihr und Knox' Baby – machte sie schwindlig. Aber sie wusste auch, dass sie ihn damit verlieren würde. Er war von Anfang an ehrlich zu ihr gewesen.

Sie drehte sich wieder zu ihm um.

Er stand immer noch wie erstarrt neben dem Bett.

„Es tut mir leid, Knox."

Ihre Stimme schien ihn aus seiner Trance zu reißen. Er ging zu ihr hinüber. „Du bist schwanger?"

Sie nickte und biss sich auf die Unterlippe.

„Nola. *Gott*." Er strich mit einer großen Handfläche über ihren flachen Bauch.

Staunen erfüllte sein raues Gesicht.

„Ein Baby", hauchte er.

Sie blinzelte. „Du bist ... das ist okay für dich?"

Er zog sie zu sich auf die Bettkante.

„Nola, als ich dich kennenlernte, war ich mir sicher, dass ich weder heiraten noch Kinder bekommen wollte. Dann bist du in mein Leben getreten und hast alles besser gemacht. Du hast jedem Moment Bedeutung verliehen."

Wärme und Liebe erfüllten sie.

Er nahm ihre Hände in seine. „Ich liebe dich, Nola Newhouse. Ich liebe es, mit dir zusammen zu sein. Ich will für immer mit dir zusammen sein."

„Knox."

„Es gibt etwas, das ich dir heute Abend bei Spaghetti Carbonara und einem Glas Wein sagen wollte." Ein schiefes Lächeln umspielte seine Lippen. „Der Wein ist jetzt definitiv raus."

Sie hob den Kopf. „Carbonara von Pepe Giallo?"

„Ja."

„Ich liebe dich *wirklich*."

Plötzlich zog er etwas aus seiner Tasche. Eine kleine Schachtel. Nolas Herz setzte aus. Er schnippte sie auf, und sie sah den Ring und schnappte nach Luft.

Es war ein blaugrüner Saphir im Quadratschliff, flankiert von zwei dreieckigen Diamanten. Ein Design, das perfekt den Vintage-Charme mit moderner Eleganz vereinte – genau ihr Geschmack.

„Knox ..." In ihrem Bauch flatterten tausend Schmetterlinge.

Er rutschte vom Bett und kniete sich vor sie. „Magnolia Newhouse, willst du mich heiraten?"

„Ja", hauchte sie.

Sie warf ihre Arme um seine Schultern und ihre Münder trafen aufeinander. Nola küsste ihn, oder er küsste sie, sie war sich nicht sicher, und es war ihr egal.

Sanft drückte er seine Stirn gegen ihre. „Wir werden ein Baby bekommen."

„Ja." Sie rieb ihre Nase an seiner. „Du wirst ein sexy Silberfuchsdaddy sein."

„Ich werde alles tun, um dich glücklich zu machen und mich um dich zu kümmern. Und um unser Kind."

„Ich weiß genau, was ich jetzt brauche." Sie knabberte an seinen Lippen.

Knox stieß ein leises Lachen aus. „Ich kenne dich inzwischen sehr gut, Elfe. Du willst deine Spaghetti Carbonara."

Sie lachte. Dieser Mann konnte sie lesen wie ein offenes Buch. „O ja. Aber danach will ich, dass mein Silberfuchs mit mir ins Bett geht."

Er schloss sie in seine Arme. „Was immer meine Elfe will, bekommt sie. Für den Rest ihres Lebens."

***

Ich hoffe, dir hat die Geschichte von Nola und Knox gefallen!

HALTE AUSSCHAU nach dem ersten Buch von Fury Brüder, Fury - kommt bald. **Lies weiter und erhalte einen Vorgeschmack auf das erste Kapitel.**

Verpasse nichts! Für Informationen über Neuerscheinungen, kostenlose Bücher und andere Geschenke, melde dich für meine VIP-Mailingliste an und erhalte deine kostenlose Bücherbox, bestehend aus drei englischen Liebesromanen, in denen es auch an Action nicht fehlt.

Hier klicken und anmelden: www.annahackett.com

Would you like
a FREE BOX SET
of my books?

VORGESCHMACK: FURY

Mila

S tarke Hände packten mich von hinten.
Adrenalin schoss durch meine Blutbahn. *Nein.*
Ich werde nicht zum Opfer. Ich wirbelte herum und
rammte dem Angreifer meinen Ellbogen in den Bauch.
Ich hörte ein Grunzen, blieb aber in Bewegung. Mein
Herz pochte heftig.

Ich hob mein Knie und rammte es mit aller Kraft in den Magen des Kerls, bevor ich ihn zu Boden stieß. Ich werde auch niemandes Beute. So weit würde es nie wieder kommen. Mit einem Stöhnen schlug er auf der Matte auf.

„Mila, ausgezeichnete Arbeit."

Als meine Ausbilderin nickte und lächelte, richtete ich mich auf und wippte leicht auf meinen Füßen. Um mich herum grinsten die anderen aus meinem Selbstverteidigungskurs.

Mein ‚Angreifer' hob den Kopf. „Warum genau habe ich mich noch mal freiwillig gemeldet?"

Shay, die Ausbilderin, reichte dem jungen Mann die Hand und half ihm auf. „Weil du mein allerbester Freund bist und keine andere Wahl hattest." Shay war eine fitte Mittdreißigerin mit einem durchtrainierten Körper, um den ich sie beneidete. Ihr schwarzes, bauchfreies Sporttop zeigte ihren Sixpack. Ihr blondes Haar hatte sie zu zwei langen Zöpfen geflochten.

Sie sah wieder in meine Richtung. „Mila, wirklich toll. Du hast alles genau so gemacht, wie ich es dir beigebracht habe."

Ich nickte und freute mich über ihr Lob. „Ich habe eine tolle Lehrerin."

Shays Lächeln wurde breiter. „Und du bist eine ausgezeichnete Schülerin."

Weil ich keine Wahl hatte. Ich ließ mir nichts anmerken und lächelte weiter. Ich musste wissen, wie ich mich verteidigen konnte, denn noch einmal würde ich mich ganz bestimmt nicht überrumpeln lassen.

„Also gut, Leute." Shay klatschte in die Hände. „Das wars für heute. Wir sehen uns in der nächsten Stunde."

Ich schnappte mir meine Wasserflasche und mein Handtuch, legte es mir um den Nacken und nahm einen großen Schluck Wasser.

Die Geräusche von Schlägen, Stößen und Grunzlauten hallten durch das Fitnessstudio. Hard Burn war eine der beliebtesten Muckibuden in ganz New Orleans. Sie befand sich in einem großen Lagerhaus im Warehouse District und der größte Teil der riesigen Fläche war mit Boxringen vollgestellt. Eine Glaswand am Ende teilte den Bereich mit den Trainingsgeräten und Gewichten ab.

Ich hatte gehört, dass es hier eine Warteliste für eine Mitgliedschaft gab. Glücklicherweise bot das Hard Burn auch Selbstverteidigungskurse an, und als ich hierhergezogen war, hatte ich einen Platz ergattert. Es war perfekt, denn ich arbeitete nur ein paar Türen weiter.

Das Fitnessstudio gehörte einem der berüchtigten Fury-Brüder. Die Leute *liebten* es, über die fünf Männer zu reden. Sie waren allerdings nicht blutsverwandt, sondern Wahlbrüder. Ich hatte schon viele Geschichten über sie gehört, aber die häufigste war, dass sie zusammen in einer Pflegefamilie aufgewachsen waren und danach zusammengeblieben waren, um sich gemeinsam ein gutes Leben aufzubauen.

Es half vermutlich, dass sie alle reich und heiß waren.

Einer von ihnen war zufällig auch mein Boss. Ihm gehörte der Nachtclub, in dem ich arbeitete, die Bar nebenan sowie zwei Restaurants. Genau genommen, gehörte ihm und seinen Brüdern der ganze Häuserblock.

Kopfschüttelnd beobachte ich zwei Typen in Handschuhen, die in einem der Boxringe aufeinander losgingen. Ich hatte mir einen Job im angesagtesten Nachtclub von New Orleans besorgt, weil ich gehört hatte, dass die Fury-Brüder knallhart waren. Sie beschützten ihren Teil der Stadt und boten den Gangs, Kartellen und Kriminellen die Stirn.

Damit war mein Arbeitsplatz der perfekte Ort, um unterzutauchen.

„Machs gut, Shay." Ich winkte ihr zu. „Ich muss jetzt zur Arbeit." Ein Blick auf die Uhr sagte mir, dass ich genau fünfzehn Minuten Zeit hatte, um zu duschen, meine Uniform anzuziehen und hinüber in den Club zu laufen.

„Bis bald, Mila."

In der Damenumkleide tippte ich den Code ein, öffnete den Spind und zog meinen Rucksack heraus. Als Erstes überprüfte ich, ob mein Laptop noch da war – das war inzwischen zur Gewohnheit geworden. Als ich das kühle Metall berührte, ließ der innere Druck, den ich immer zu spüren schien, ein wenig nach.

Außerdem bewahrte ich ein Bündel Geldscheine in einem Geheimfach auf, das ich in den Boden des Rucksacks eingenäht hatte. Für Notfälle. Momentan war ich etwas knapp bei Kasse, aber der Stapel würde langsam wieder wachsen.

Ich brauchte zwei Minuten, um zu duschen und mich umzuziehen. Im beschlagenen Spiegel über der Reihe von Waschbecken betrachtete ich mein Spiegelbild. Es war immer noch ein Schock, die dunklen Haare zu sehen. Ich hatte sie schwarz gefärbt, nachdem ich geflohen war, und sie sahen einfach schrecklich aus. Ich zog die Nase kraus. Schwarz stand mir nicht. Ich vermisste mein karamellblondes Haar. Ich hatte es geliebt und Stunden damit verbracht, es zu stylen.

Jetzt trug ich mein schwarzes Haar, das mich strenger wirken ließ, meist in einem lieblosen Knoten oder Pferdeschwanz.

Mein einziges Ziel war es, mich zu verstecken und zu überleben.

Ich fingerte an dem goldglänzenden Neckholdertop. Alle Barkeeper und Kellnerinnen im Club trugen schwarze Hosen und goldene Oberteile. Nun, die Männer bekamen schwarze Hemden mit goldenen Nähten, aber ich war einfach nur froh, dass mein Oberteil nicht tief ausgeschnitten oder trägerlos war. Das Neckholdertop war eigentlich ziemlich bequem.

Nachdem ich meine Sachen in meinen Rucksack gepackt hatte, machte ich mich auf den Weg. Es war ein lauer Sommerabend in New Orleans. Ich war in Louisiana aufgewachsen und daher an warme Temperaturen und hohe Luftfeuchtigkeit gewöhnt.

Ich eilte die Straße hinunter. Ich mochte den Arts/Warehouse District. Hier gab es unzählige Kunstgalerien und noch mehr Restaurants, aber es war nicht ganz so verrückt wie das French Quarter und die Bourbon Street. Die meisten der alten Lagerhäuser waren in Galerien oder Loftwohnungen umgewandelt worden, und ich wünschte mir sehnlichst, ich könnte es mir leisten, in einer davon zu wohnen.

Ich ging am Smokehouse vorbei. In der Bar herrschte

reger Betrieb. Ich sah mehrere Gruppen auf der vorderen Terrasse sitzen, die zusammen ihre Getränke genossen und miteinander lachten. Über der Mitte eines Tisches schwebten ein paar Heliumballons. Hier feierte wohl jemand Geburtstag. An einem anderen Tisch saß ein Pärchen, das offensichtlich ein Date hatte, und an einem weiteren eine Familie mit Teenagern, die über ihre Handys gebeugt waren.

All diese Menschen gingen ihrem Leben nach, amüsieren sich und taten Dinge, die normale Menschen eben so taten. So ein Mensch war ich auch einmal gewesen. Es war gerade einmal vier Monate her, obwohl mir die Zeit an den meisten Tagen wie eine Ewigkeit vorkam.

Tränen stiegen mir in die Augen. All die Dinge, die ich nicht haben konnte.

Verdammter Mist. Ich schniefte. Mich selbst zu bemitleiden, war doch reine Energieverschwendung.

Ich erreichte das Ember. Der Name leuchtete in goldenen Neonbuchstaben über einer goldenen Doppeltür. Reggie stand davor. So früh war nur ein Türsteher im Dienst und ein weiterer würde später dazukommen, wenn es voller wurde, zusätzlich zu den Sicherheitsleuten im Inneren.

Der gut aussehende Mann mit der schokoladenbraunen Haut lächelte mich an. Er war gebaut wie ein Linebacker. „Hey, Mila. Bereit für eine volle Bude?"

„Immer doch."

Er winkte mich durch.

Es fühlte sich jedes Mal an, als würde ich eine Welt der Sünde betreten. Alles hier war in luxuriösem

Schwarz und Gold gehalten. Der Boden war schwarz poliert und an einer Wand stand eine Reihe goldener Amphoren, die fast so groß waren wie ich selbst. Lichter flimmerten über die Tanzfläche. Die lange Bar leuchtete in goldenem Licht und auf einer Seite befand sich der abgesperrte VIP-Bereich.

Am besten gefiel mir jedoch die Decke. Ich sah hoch. Sie war mit einem Meer aus goldenen Blumen bedeckt. Sie wirkten, als würden sie alle auf uns herabflattern, wenn ein Windstoß hereinwehte. Es war genau die Art von Club, in der ich gern selbst meine Freizeit verbracht hätte.

Als ich in Richtung Umkleideraum ging, begrüßte ich im Vorbeigehen die Barkeeper, die sich bereits auf den bevorstehenden Abend vorbereiteten. Ich tippte den Code in das Zahlenfeld an der Tür ein, die zum Umkleideraum für Mitarbeiter führte, und verstaute meine Tasche in meinem Spind.

Showtime. Es war Samstagabend in New Orleans und bald würde hier im Club die Hölle los sein.

Als ich zur Bar zurückkam, tauchte Venus, die Chef-Barkeeperin auf. Sie war Mitte vierzig, groß und hatte ihr lockiges, schwarzes Haar verdammt kurz geschnitten. Ihr Neckholdertop zeigte unglaublich durchtrainierte Arme, für die ich töten würde. Sie konnte jeden Cocktail zubereiten, den ein Gast verlangte, und bediente die Leute mit einer Leichtigkeit, die ich auch in hundert Jahren nicht hätte.

„Mila, du stehst heute Abend hinter der Bar, aber wenn die Kellner Hilfe brauchen, springst du ein."

„Geht klar."

„Und kannst du heute dichtmachen?"

„Ja. Kein Problem."

Sie atmete tief durch. „Das ist wirklich toll. Bryce hat nämlich morgen gleich in der Früh diese Tanzaufführung." Venus war alleinerziehende Mutter von zwei Jungen. „Wenn ich wenigstens ein paar Stunden schlafen kann, sollte ich morgen zumindest die Augen dafür aufbekommen."

„Ich übernehme jederzeit gern den Schlussdienst, wenn du mich brauchst, Venus."

„Das weiß ich zu schätzen." Sie legte den Kopf schief. „Hast du an neuen Cocktailkreationen gearbeitet?"

Ich lächelte. „Vielleicht?"

Venus nickte. „Gut. Du hast ein Händchen dafür."

Ich hatte ein Händchen dafür, neue Drinks zu kreieren, weil ich viele Nächte zu Hause verbracht und Cocktailrezepte auswendig gelernt hatte. Außerdem hatte ich das Blaue vom Himmel gelogen, um den Job hier zu bekommen. Ich hatte behauptet, schon in Clubs gearbeitet zu haben, und die ganze Zeit über zu Gott gebetet, dass mein gefälschter Ausweis nicht aufflog.

Ich war nicht mehr Amelia Clifton, Marketing-Guru. Jetzt war ich Mila Clarke, Barkeeperin. Zum Glück lernte ich schnell und hatte mich auf die Arbeit hinter der Bar schnell eingestellt.

Ein großer Schwung Feierlustiger schob sich herein.

„Zeit, den Durst der Massen zu stillen", sagte Venus.

Bald war ich zu beschäftigt, um an irgendetwas zu denken. Ich schnappte mir Gläser, schöpfte Eis, goss Shots ein und mixte Cocktails.

„Mein Feuer kannst du jederzeit entfachen, süßes Ding du."

Süßes Ding? Im Ernst?

Ich lehnte mich über die Bar und ließ das Feuerzeug über die drei Longdrinkgläser gleiten, sodass die roten Cocktails von Hurricanes zu Brennenden Hurricanes wurden.

Der Gast leckte sich über die Lippen und lächelte. Er hatte schon jetzt gut einen sitzen. Ich würde ihn im Auge behalten müssen – viele Drinks bekam er nicht mehr von mir.

„Ich setze es auf die Rechnung." Ich schenkte ihm ein routiniertes Lächeln.

„Danke." Er griff nach den Gläsern.

„Und auf diese Anmache würde ich in Zukunft verzichten." Ich schüttelte den Kopf. „Sie ist richtig mies."

Er zog die Nase kraus und legte den Kopf schief. „Ich fand sie lustig. Die Getränke brennen. Und du bist heiß." Er zuckte verlegen mit den Schultern. „Einen Versuch war es wert."

„Mila?" Staci, eine der anderen Barkeeperinnen, lehnte sich zu mir. „Ich brauche deine Hilfe mit einer Bestellung."

„Klar doch." Ich nickte Mister-Süßes-Ding zu und drehte mich um.

„Er schafft es *niemals* zu seinen Freunden zurück, ohne etwas zu verschütten." Staci warf ihre blonden Locken zurück.

„Niemals." Ich war mir ziemlich sicher, dass Mister-Süßes-Ding die Cocktails schon bald auf seinem Hemd haben würde. Jammerschade. Es stellte sich heraus, dass Staci eigentlich keine Bestellung hatte. „Danke, dass du mich gerettet hast."

Sie verdrehte die Augen. „Er hat mit deinen Titten gesprochen."

Ich prustete los. Das hatte er tatsächlich.

„Nach all den Jahren in Clubs und Bars erkenne ich diesen Typ Mann sofort, wenn er hier hereinkommt", sagte Staci. „Leichtes Leben, genug Geld, um sich wichtig zu fühlen, und er denkt, jede Frau, die Drinks ausschenkt, wäre auch noch dankbar, sich von ihm ausziehen lassen zu dürfen." Staci schnaubte. „Nein, danke."

Staci war ein alter Hase. Sie musste es wissen. Ich hingegen arbeitete gerade einmal seit vier Wochen als Barkeeperin.

Okay, drei Wochen, fünf Tage und sechs Stunden, aber wer zählte schon mit?

Jemand rief Stacis Namen und sie wirbelte davon.

Es standen untypisch wenige Leute an der Bar, also schnappte ich mir schnell einen Lappen und wischte die Oberflächen ab. Ich sah mich um. Der Club begann, sich zu füllen. Es würde nicht mehr lange dauern, bis die Party so richtig abging.

Dieser Job war Lichtjahre von meiner erfüllten Karriere im Bereich PR und Marketing entfernt. Die schmerzhaften Erinnerungen überrollten mich wie ein Truck auf dem Highway.

Ich holte tief Luft und zwang mich, sie zu unterdrücken. Eigentlich hatte ich erwartet, dass die Dinge mit der Zeit einfacher werden würden, aber bisher war das nicht der Fall.

Mein altes Leben war weg. Mein anspruchsvoller Job in einem großen Konzern war weg. Meine hübsche Wohnung war weg. Meine Eltern waren ...

Der Schmerz bohrte sich so tief in mein Herz, dass ich mich fast vornüberbeugen musste.

Ich hob mein Kinn und kämpfte gegen die Tränen an. Dieses Leben war Vergangenheit. Jetzt war ich Barkeeperin. Ich rieb mir die Schläfen, als ein pochender Schmerz sich darin breitmachte.

Mach einfach deinen Job, Mila.

Ich warf den Lappen zurück ins Waschbecken und wich aus, als einer der Barkeeper, Eli, an mir vorbeiging. Es war an der Zeit, dass ich mich wieder auf die Arbeit konzentrierte.

Eine der Kellnerinnen, Jules, kam an die Bar. „Mila, ich brauche ein Whiskey-Cola, einen Brennenden Hurricane und einen Feurigen Vieux Carre."

„Kommt sofort." Ich schnappte mir die passenden Gläser und legte los. Sobald ich mich der Wand aus Flaschen zuwandte, blendete ich alles andere aus. Brennende Cocktails waren eine Spezialität im Ember und die Gäste liebten sie – vor allem die Touristen.

Ich bereitete die Getränke schnell zu, zündete sie an und schob sie über die Bar. Jules lächelte und lud sie auf ihr Tablett.

Eine große Gruppe von Gästen kam herein, laut lachend und in Feierlaune. Bald war es so voll, dass ich nicht mehr denken konnte. Meine Hände kamen nicht zur Ruhe. Gläser, Eiswürfel, Hochprozentiges, Zitronenscheibe, ein Feuerzeug, um den Alkohol zu entflammen.

Die nächste Stunde verbrachte ich damit, Cocktails zu mixen. In manchen Schichten arbeitete ich auch als Kellnerin – und empfand es als absolut nervenaufreibend, ein mit Getränken beladenes Tablett zu tragen. Hinter der Bar gefiel es mir viel besser.

Plötzlich spürte ich, wie sich die Stimmung im Club veränderte, und mein Magen zog sich zusammen. Ohne aufzusehen, wusste ich, was die Ursache dafür war.

Oder besser gesagt, wer.

Schließlich konnte ich mich nicht mehr länger davon abhalten, den Kopf zu heben.

Und da war er. Er schlenderte durch die Menge, als gehöre ihm der Laden. Was er auch tat.

Dante Fury. Besitzer des Ember.

Meine Hand schloss sich um eine Flasche Jack Daniels.

Er trug eine gut geschnittene, schwarze Hose und ein schwarzes Hemd. Die hochgekrempelten Ärmel gaben den Blick frei auf muskulöse Unterarme und olivbraune Haut. Ein Stück weiter oben spannte sich der Stoff um seinen Bizeps. Auf einem Arm hatte er schwarze Tattoos. Seine Art, zu gehen, war souverän und geschmeidig, seine Schritte selbstbewusst und gleichmäßig. Er erinnerte mich an einen Krieger ... nein, an einen König in seinem Reich. Sein Haar war schwarz, dicht und durcheinander. Als ob er oft mit den Fingern durchfuhr. Ein dunkler, sexy Bart wuchs auf einem markanten Kinn.

Er schnitt durch die Menge wie ein Raubtier um Mitternacht. Jedes Mal, wenn ich ihn sah, schnürte es mir die Kehle zu. Ihn umgab eine Aura, die es mir unmöglich machte, wegzusehen.

Da war diese dunkle Haarsträhne, die ihm immer in die Stirn fiel, und am liebsten hätte ich sie weggeschoben.

Verdammt noch mal.

Ich zwang mich, meinen Blick abzuwenden, und stellte die Flasche zurück ins Regal.

Es spielte keine Rolle, wie sexy und attraktiv Dante Fury war. Ich durfte nicht auffallen, durfte niemandem zu nahe kommen, denn es könnte meinen Tod bedeuten. Außerdem war er mein Boss.

Mein Puls raste und ich konnte nicht anders, als ihn wieder anzusehen. Er sprach mit Jessica, einer der Kellnerinnen, und sah nach dem Rechten. Das tat er alle paar Stunden, plauderte mit den VIPs, redete mit dem Personal, erkundigte sich nach Problemen.

Dante näherte sich der Bar. Ich sah, wie die Männer ihn beäugten, sich ein wenig aufrechter hinstellten und die Bäuche einzogen. Dante hatte keinen Bauch. Er war flach wie ein Brett und es passte perfekt zu seinen breiten Schultern.

Auch die Frauen warfen Blicke auf ihn – hungrige, gierige Blicke.

„Gott, dieser Mann ist erstklassiges Material für heiße Fantasien." Neben mir stieß Staci einen heftigen Seufzer aus. „Ich habe schon überlegt, ob ich meinen Vibrator nach ihm benennen soll, aber dann habe ich beschlossen, dass es irgendwie ekelhaft wäre, wenn er Dante heißen würde." Sie sah ihn an. „Trotzdem, der Mann ist *so* heiß, auf diese dunkle, gefährliche Art. Alles an ihm schreit danach, dass er eine Frau mit beiden Händen festhalten und richtig hart ficken würde."

„*Staci.*"

Sie verdrehte die Augen und grinste mich an. „Komm schon, Mila. Du bist zwar still, aber ich habe gesehen, wie du den Mann mit den Augen ausgezogen und vernascht hast, wenn niemand hingesehen hat."

Ich hüstelte und war froh, dass es so dunkel war, dass sie die Röte auf meinen Wangen nicht sehen konnte.

Staci klopfte mir auf den Rücken. „Ich kann es dir nicht verübeln. Mir geht es genau gleich." Sie seufzte. „Leider trennt er Arbeit und Privates. Er flirtet nie mit den Gästen, nimmt sie nie mit in sein Büro, und Mitarbeiterinnen noch viel weniger."

In den wenigen Wochen, die ich jetzt hier arbeitete, hatte ich ihn nicht ein einziges Mal flirten gesehen.

Staci lehnte sich zu mir. „Ich habe gehört, dass er ein paarmal mit einer angehenden Staatsanwältin gesehen wurde. Ich dachte mir schon, dass er auf schick und stilvoll steht."

Mein Magen zog sich seltsam zusammen. Und dann bemerkte ich, dass Dante auf uns zukam.

Ich richtete mich auf. „Wie wäre es, wenn wir ein paar Drinks mixen?"

Staci lehnte sich noch näher heran. „Wirst du etwa rot?"

„Nein."

Sie grinste. „Du wirst *total* rot."

„Nein, aber ich denke gerade darüber nach, dir ein blaues Auge zu verpassen."

Staci lachte. Ich blickte auf und mein Blick traf geradewegs Dantes.

Er kam auf die Bar zu und ich konnte nicht wegsehen. Jede einzelne Zelle meines Körpers fing an, zu vibrieren, so stark war die Energie, mit der sie plötzlich geflutet wurden.

Er hatte dunkle Augen. Sie wirkten, als wären sie aus Obsidian. Unergründliche, dunkle Seen.

„Mila. Wie läufts heute Abend?"

Hmpf. Es war ja so was von unfair, dass er zusätzlich zu seinem Aussehen auch noch eine Stimme hatte, die tief und etwas rauer war, und den Effekt hatte, Höschen zum Schmelzen zu bringen.

„Großartig." Mir gelang ein Nicken. „Alles gut."

Er legte den Kopf schief. „Bist du sicher?"

Ich spürte, wie mir ein kalter Schauer den Rücken hinunterlief. Bei ihm hatte ich immer das Gefühl, dass er wusste, dass ich etwas verheimlichte. Als ob er alle meine Geheimnisse herausfinden wollte.

Ich richtete mich auf. Keiner würde mir meine Geheimnisse entlocken. Sie waren zu furchtbar und zu gefährlich.

Ich wusste bereits, dass Dante und seine Brüder sich gegen die dunkle Seite von New Orleans wehrten – gegen die Gangs, die Mafiosi und Verbrecher. Aber das bedeutete nicht, dass ich einem von ihnen meine Seele offenbaren würde. Nicht, wenn es damit enden könnte, dass ich eine Kugel ins Hirn gepustet bekam.

„Ganz sicher." Ich setzte ein Lächeln auf.

Er betrachtete mich eine lange Sekunde mit diesen

tiefgründigen, dunklen Augen. „Sperrst du heute Nacht zu?"

Mein Herz schlug ein paar Takte schneller „Ja. Venus muss nach Hause. Eines ihrer Kinder hat morgen eine Tanzveranstaltung."

„Gut. Ich habe ein paar Whiskey-Proben von einer örtlichen Brennerei im Büro. Ich weiß, dass du Whiskey magst. Vielleicht kannst du sie mit mir verkosten? Ich muss entscheiden, ob ich sie auf die Karte nehmen will oder nicht."

Ich nickte und alles in mir zog sich zusammen. *Oh, verdammt.* Ich hatte Schlussdienst, also wäre ich allein mit Dante. Spät nachts. „Ich helfe immer gern. Oh, und ich habe einen neuen Cocktail kreiert, der bei den Gästen gut ankommen dürfte."

Seine Zähne blitzten strahlend weiß auf, ein krasser Unterschied zu seiner gebräunten Haut. „Du und deine Cocktails."

„Hey, der Feurige Phönix ist superbeliebt." Diesen Cocktail hatte ich erst vor einer Woche erfunden und die Gäste liebten ihn bereits.

„Ich weiß." Er hielt eine Hand hoch. „Du probierst meinen Whiskey, ich probiere deinen neuen Cocktail."

Fast hätte ich gesagt: „Dann haben wir ein Date", aber im letzten Moment schaffte ich es, mir den Satz zu verkneifen. Es war kein Date. Es würde nie ein Date sein. „Ich mache besser die Getränke fertig. Die Gäste sind durstig."

Ich wandte mich geschäftig ab, aber trotzdem spürte ich, wie sich sein Blick in meinen Rücken bohrte.

Als ich mich wieder umdrehte, war er verschwunden. Ich stieß einen Atemzug aus und ließ die Schultern sinken. Ich musste alles tun, um Dante Fury *nicht* zu nahe zu kommen.

Der Rest meiner Schicht verging wie im Flug – beschwipste Gäste, Unmengen an Getränken, schmerzende Füße.

Und auf unerklärliche Weise spürte ich von Zeit zu Zeit immer noch Dantes Blick auf mir.

Ich schüttelte den Kopf und griff nach einem Cocktailglas. *Das bildest du dir nur ein, Mila.*

BÜCHER VON ANNA

Der Spezialist

Der Bodyguard

Der Hacker

Der Drahtzieher

Der Detective

Der Lebensretter

Der Beschützer

ENGLISCH

Fury Brothers

Fury

Keep

Burn

Take

Claim

Also Available as Audiobooks!

Unbroken Heroes

The Hero She Needs

The Hero She Wants

The Hero She Craves

The Hero She Deserves

Also Available as Audiobooks!

Sentinel Security

Wolf

Hades

Striker

Steel

Excalibur

Hex

Also Available as Audiobooks!

Norcross Security

The Investigator

The Troubleshooter

The Specialist

The Bodyguard

The Hacker

The Powerbroker

The Detective

The Medic

The Protector

Also Available as Audiobooks!

Billionaire Heists

Stealing from Mr. Rich

Blackmailing Mr. Bossman

Hacking Mr. CEO

Also Available as Audiobooks!

Team 52

Mission: Her Protection

Mission: Her Rescue

Mission: Her Security

Mission: Her Defense

Mission: Her Safety

Mission: Her Freedom

Mission: Her Shield

Mission: Her Justice

Also Available as Audiobooks!

Treasure Hunter Security

Undiscovered

Uncharted

Unexplored

Unfathomed

Untraveled

Unmapped

Unidentified

Undetected

Also Available as Audiobooks!

Oronis Knights

Knightmaster

Knighthunter

Knightqueen

Also Available as Audiobooks!

Galactic Kings

Overlord

Emperor

Captain of the Guard

Conqueror

Also Available as Audiobooks!

Eon Warriors

Edge of Eon

Touch of Eon

Heart of Eon

Kiss of Eon

Mark of Eon

Claim of Eon

Storm of Eon

Soul of Eon

King of Eon

Also Available as Audiobooks!

Galactic Gladiators: House of Rone

Sentinel

Defender

Centurion

Paladin

Guard

Weapons Master

Also Available as Audiobooks!

Galactic Gladiators

Gladiator

Warrior

Hero

Protector

Champion

Barbarian

Beast

Rogue

Guardian

Cyborg

Imperator

Hunter

Also Available as Audiobooks!

Hell Squad

Marcus

Cruz

Gabe

Reed

Roth

Noah

Shaw

Holmes

Niko

Finn

Devlin

Theron

Hemi

Ash

Levi

Manu

Griff

Dom

Survivors

Tane

Also Available as Audiobooks!

The Anomaly Series

Time Thief

Mind Raider

Soul Stealer

Salvation

Anomaly Series Box Set

The Phoenix Adventures

Among Galactic Ruins

At Star's End

In the Devil's Nebula

On a Rogue Planet

Beneath a Trojan Moon

Beyond Galaxy's Edge

On a Cyborg Planet

Return to Dark Earth

On a Barbarian World

Lost in Barbarian Space

Through Uncharted Space

Crashed on an Ice World

Perma Series

Winter Fusion

A Galactic Holiday

Warriors of the Wind

Tempest

Storm & Seduction

Fury & Darkness

Standalone Titles

Savage Dragon

Hunter's Surrender

One Night with the Wolf

For more information visit www.annahackett.com

ÜBER DIE AUTORIN

Ich bin eine USA-Today-Bestsellerautorin für Liebesromane. Meine Leidenschaft sind Romane, in denen es an Action nicht mangelt, Science-Fiction Platz findet und auch die Liebe nicht zu kurz kommt. Ich liebe es, über Menschen zu schreiben, die entgegen allen Erwartungen die schwierigsten Situationen lösen und sich beim Erreichen ihrer Ziele selbst übertreffen.

Ich lebe mit meinem eigenen persönlichen Helden und zwei sehr aktiven Söhnen in Australien.

Für Erscheinungstermine, einen Blick hinter die Kulissen, kostenlose Bücher und andere tolle Goodies, melde dich hier an und verpasse nichts mehr: www.annahackett.com